Dominación y Sumisión Erótica Vol. 3

Erika Sanders

Dominación y Sumisión Erótica Vol. 3

Erika Sanders

Serie
Dominación y sumisión erótica

Imagen portada: ©Alexander Krivitskiy - Pixabay, 2025

Primera edición: 2025

Sinopsis

Violaciones en transporte público:

En la ciudad hay un gran aumento de las agresiones sexuales a jovencitas en los desplazamientos públicos, autobuses, metro, etc.

Todas estas violaciones se producen en tránsito hacía el lugar de trabajo o estudios.

A qué estará dispuesta a llegar una joven periodista mexicana para encontrar a los culpables de tales hechos.

Katia:

Katia es una joven emigrante de la Europa del Este que trabaja de escort en una agencia de muchachas de acompañamiento para conseguir los papeles de residencia.

Un día se le hace una oferta muy tentadora pero que implicaría dolor, tal vez mucho dolor.

¿Será capaz de aceptar esta oferta extraña para conseguir sus objetivos?

Esclavo para su placer:

Después de años de ausencia, Andrew se reencuentra con su antigua novia deseando reconciliarse.

Pero ella ya no es la misma... y está rencorosa y dolida con él.

¿Andrew aceptará a la nueva y más segura Verónica? ¿Qué hará ella para vengarse de la traición de él?

Violaciones en transporte público, Katia y Esclavo para su placer son unas novelas de fuerte contenido erótico BDSM y, a su vez, unas novelas pertenecientes a la colección Dominación Erótica, una serie de novelas de alto contenido BDSM romántico y erótico.

(Todos los personajes tienen 18 años o más)

Nota sobre la autora:

Erika Sanders es una conocida escritora a nivel internacional, traducida a más de veinte idiomas, que firma sus escritos más eróticos, alejados de su prosa habitual, con su nombre de soltera.

Índice

DOMINACIÓN Y SUMISIÓN ERÓTICA
VOL. 3
ERIKA SANDERS

VIOLACIONES EN TRANSPORTE PÚBLICO

CAPÍTULO 1

La ciudad se extendía a ambos lados del río como una jungla de hormigón, con sus rascacielos, elevándose como dedos en el aire.

La vista proporcionó una escena pintoresca a través de los amplios ventanales del apartamento de Julieta López.

Para Julieta era el comienzo de otro día como una periodista mexicana exitosa que trabajaba para el periódico Local News.

Se sentía bien por su objetivo en la vida en la actualidad.

Estaba llena de confianza para lo que el trabajo exigía hasta el momento y se sentía bien consigo misma porque esa mañana los sentimientos de la noche todavía estaban zumbando a través de sus sensaciones.

La ciudad se veía bien, pensó mientras tomaba un café recién hecho.

Entonces las manos de Jimmy Clarkson se posaron en sus caderas por detrás.

Ella podía sentir su aliento en su cuello mientras la besaba, separando su cabello oscuro a un lado.

"Creo que me estoy enamorando de ti, mi morena mexicana" él susurró suavemente.

Cerró los ojos, se acurrucó de nuevo en él, sintiendo su presencia.

"Desearía que aún fuera domingo. Entonces podría tenerte todo el día" ella respondió.

"Entonces llama y di que estas enferma. Diles que repentinamente te ha llegado una enfermedad paralizante y misteriosa y que debes permanecer en cama todo el día".

Julieta gimió su respuesta.

"Me encantaría poder hacerlo."

Ella tomó su mano y la colocó sobre su pecho y Jimmy le dio un suave apretón, sintiendo la rigidez de su pezón debajo del camisón de encaje blanco.

"Me encantó la forma en que me cogiste anoche".

"No hago eso con cada mujer que conozco".

"Mmm ... ¿así que debería considerarme afortunada?"

"No. Yo soy el afortunado".

Ella se volvió para mirar sus ojos marrones.

Lentamente se abrazaron dándose un apasionado beso.

"Comparte una ducha conmigo". Le dijo, separando su beso por un momento mientras pasaba sus delgados dedos suavemente sobre su cara ligeramente oscura. "Vamos a ver lo que puede pasar".

El pensamiento hizo que Jimmy se pusiera aún más duro de lo que ya estaba acoplado con el dulce aroma del sexo que todavía estaba en su cuerpo.

Las cosas que quería hacerle a ella de nuevo y las cosas que no había tenido la oportunidad de hacerle llegaron a su mente.

Ella rompió el beso una vez más, colocando sus dedos sobre sus labios.

"Realmente me quieres, ¿no?" ella preguntó.

"Querer no es una palabra lo suficientemente fuerte como para describir cómo me siento en este momento".

***

La mayoría de la gente se movía por la ciudad en taxi o en transporte público en estos días.

El tráfico estaba muy denso y la ciudad aún era muy pobre para poder proporcionar a sus ciudadanos unidades de transporte adecuadas.

Julieta tuvo la suerte de poder conseguir una membresía en una compañía de taxis.

Los trenes y autobuses estaban demasiado llenos en el mejor de los casos.

Muy a menudo eran el escenario de algunos de los delitos sexuales más horribles incluso a plena luz del día.

El taxi la dejó fuera de la entrada principal a la oficina de prensa ubicada en uno de los treinta edificios de la calle principal.

Odiaba el viaje en ascensor hasta el piso quince, aunque los trabajadores y visitantes del edificio parecían inofensivos, siempre existía la posibilidad de ser víctima de una violación en el mismo, el crimen más nuevo y ahora más de moda en la ciudad.

"Sabes qué. Culpo a los japoneses". Comentó Bob Andrews, lanzando la edición de la mañana a través de su escritorio hacia Julieta. "Su obsesión con las colegialas y abusar de ellas en el transporte público en Tokio. Y para colmo, lo graban todo".

"Bob, creo que eso está todo preparado". Ella respondió, hojeando las páginas para encontrar el artículo al que se refería con su conversación.

"Mira ... no lo creo. ¿Alguna vez has visto uno de esos videos? La mirada de puro terror en las caras de esas chicas. Creo que es lo suficientemente real".

"De acuerdo con lo que dices, ¿eso está sucediendo aquí?"

"He visto videos en Internet. Esto se está haciendo cada vez más grande. Como las películas snuff y el gonzo. Situaciones de la vida real".

"Entonces ¿crees que las víctimas saben quiénes son esas personas?"

"Bueno, parece que no. Totalmente extraños. Incluso tuve que poner a Billy Gaylor en nuestra mira".

"¿Gaylor? ¿Todavía está activo?" Julieta preguntó con una sonrisa en su rostro. "Solía ver su programa en el desayuno, en el canal para adultos, antes de ir a la escuela secundaria todas las mañanas".

"¿Alguna vez lo conociste?"

"No. Pero tampoco es que yo haya querido".

"Entonces ahora es tu oportunidad. Quiero que cubras una historia que involucre al bueno del viejo Billy".

Julieta se dio cuenta repentinamente de que estaba siendo destinada a una tarea que no le agradaría.

Dobló cuidadosamente el periódico, lo dejó sobre el escritorio y luego se inclinó hacia delante, lo que le permitió mostrar la mitad de su escote por la parte superior que tenía abierta de unos pocos botones de la blusa que llevaba.

A Bob le gustó la vista.

A pesar de su postura moral bien definida sobre el sexo y de ser el padre de tres hijas adolescentes, la visión de un par de tetas bien cuidadas volvió a llamar su atención, especialmente de la todavía joven Julieta.

"¿Quieres decir que me enviarías a una entrevista con Billy Gaylor? Bob, no te puedo creer".

"Mira, Julieta, eres la única en quien puedo confiar esta historia. Estoy dispuesta a exponer a estos pervertidos de una vez por todas. Mi hija menor confía en viajar en autobús a la escuela todos los días. Es solo una cuestión de tiempo antes de que alguien golpee en su ruta ".

"Entonces, ¿qué te hace pensar que soy una especialista en estas cosas?"

"Eres lo suficientemente joven y sexy para conseguir lo que necesito". Bob respondió, con una sonrisa malvada que crecía en sus labios. "Vamos. Puedes hacer esto. Cambia las entrevistas con estrellas de cine aburridas y actores por esto. Dijiste que querías un desafío. Ahora, aquí está".

Billy Gaylor comenzó su carrera como personalidad televisiva hace muchos años.

Era famoso por ir las calles de la ciudad armado con una videocámara y alentar a las mujeres a que se desnudaran para la cámara y mostraran sus tetas y su culo.

Pero sus víctimas estaban dispuestas y dieron su consentimiento.

Las imágenes se mostraban en la televisión para adultos de acceso público y se hizo muy popular.

El crecimiento de Internet significó ver unos cambios y su popularidad comenzó a caer.

Ahora él dirige la lucha moral contra quienes cometen violaciones en transporte público y muestran sus esfuerzos en sitios web no regulados.

Mucha gente como Julieta pensó que había sido un acercamiento nuevo en la industria del porno.

Billy Gaylor había hecho algo diferente.

CAPÍTULO 2

Julieta fue conducida con todo lujo a donde Billy vivía en las áreas exteriores de la ciudad.

El periódico cuidaba bien a sus periodistas, especialmente si estaban en una tarea importante.

La limusina se detuvo frente a la casa del millonario y luego la dejó allí.

"Solo llámanos cuando quieras ser recogida". Le dijo el chofer.

Observó cómo el automóvil se retiraba por el camino y a través de las puertas de seguridad operadas electrónicamente y se preguntó qué le esperaba.

Un hombre como Billy que cambiaba de moral durante la noche solo significaba que podía estar perdiendo financieramente.

Se consideraba un artista por derecho propio, pero uno que creía en el lucro.

La casa era extensa, diseñada en con un diseño de villa española sólo que más grande.

Julieta decidió tomar la entrada de la puerta trasera y se encontró con una puerta que daba al recinto trasero y al jardín.

Sus exploraciones se detuvieron cuando se encontró mirando como dos perros Dóberman corrían hacia la puerta.

Amaba a los perros, pero no a aquellos entrenados como guardianes viscosos.

Cerró la puerta rápidamente y esperó, oyendo como las mandíbulas inevitablemente ladraban y gruñían desde la seguridad del otro lado.

"Buenos perros. Lamento decepcionarles, pero no tengo ganas de que almuercen conmigo hoy".

El cuidador, un hombre alto y fornido, se acercó para sujetar a los perros con una correa.

"¿Usted debe ser la invitada? Señorita... ¿López?"

"Sí. De Local News".

Ella mostró su etiqueta de identidad clavada en su chaqueta.

"Veo que los guardias aquí son lindos, enojados y muy entusiastas".

"Ellos hacen su trabajo, señorita. Aquí hay muchos intrusos".

"Bueno, estoy encantada de ser una invitada".

Billy estaba ocupado en su teléfono junto a la piscina.

Había un lado desafiante y asertivo a su naturaleza.

Era propietario de acciones en el canal de televisión de acceso público que ayudó a administrar y con las tendencias recientes alejadas de su producto, el negocio era cada vez más difícil.

También era impetuoso y, aunque su vida se volvió buena después de la universidad en el negocio de los medios de comunicación, todavía había rasgos de él por su crianza en la niñez en las calles con proyectos en las zonas más pobres de la ciudad.

Apagó el teléfono móvil, colgando a alguien con quien no se sentía obligado a continuar su conversación.

"¡Malditos idiotas! ¡Estoy rodeado de ellos!"

Miró a Julieta, como si fuera una mujer atractiva, y la examinó de pies a cabeza.

Para él, ella era sexo sobre las piernas en primera instancia y luego una periodista si la miraba a la cara.

Julieta sonrió y le tendió la mano para saludarlo.

Sin embargo, Billy no creía en la relación con una mujer tan íntimamente a menos que fuera para satisfacer sus necesidades naturales básicas.

El encanto que usó para hacer lo que hizo fue entrenado y practicado para obtener la máxima ventaja.

"¿Entonces Bob te envió? Esperaba un chico. ¿Qué tan buena eres en tu trabajo?"

"Lo hago bien. ¿Por qué preguntas eso?" Pregunto Julieta "¿Es porque no crees que las mujeres deberían hacer las cosas que yo hago?"

"Está bien, déjame ponerlo de esta manera ... si te dijera que te desnudaras aquí y ahora, ¿lo harías?"

"Ciertamente no." Se quedó de brazos cruzados en defensa. "¿Por qué debería?"

"Porque es en lo que creo que eres buena, hermosa mexicana".

"Típico. Debería haber esperado eso de ti. De hecho, esperaba eso de ti, ¿Qué te parece?"

Billy se rió a sus expensas.

Cuando no era encantador era muy ofensivo, aunque fuera en broma.

"Mira, toma una silla y siéntate. Sólo estaba bromeando contigo. Así es como soy".

Pidió bebidas frescas de limonada que Julieta consideró la bienvenida.

Hacía calor por el sol del mediodía y estaba un poco más vestida de lo necesario pensando que estaría en un lugar cerrado con aire acondicionado.

La piscina se estaba volviendo atractiva a medida que pasaba el tiempo.

Billy explicó su punto de vista sobre el tema de la violación en los transportes públicos y, como era de esperar, parecía estar frente a una objeción moral.

"Entonces, ¿cómo crees que debería ser detenido el problema?" Ella preguntó. "¿Más policías, mejor transporte público, sitios web regulados? ¿Cómo?"

"Todas esas cosas, por supuesto. Están bien".

"¿Pero no crees que todo está organizado? Me refiero a que las víctimas se quejan, pero no señalan a nadie. Personalmente creo que se les paga por adelantado y están de acuerdo en hacerlo".

"¿Así que crees que todo está organizado?" Billy respondió.

"Sí, lo creo. Se quejan porque es publicidad. Vemos a la víctima en las noticias y la noche siguiente todos pueden pagar para que todo se vea en los sitios web".

"Sí, está bien, entiendo tu punto. Pero a estas personas no se les paga, créeme. Son víctimas de una violación prácticamente en público con muchos testigos a veces. Luego, tienen que pasar por la humillación de todo esto en horas de repetición. Luego."

"Pero eso es ... muchos testigos. Como si las personas estuvieran invitadas a ser parte de eso".

"¿Alguna vez escuchaste de las palabras miedo e intimidación?"

"No es posible." Julieta se rió ante la idea.

"Bien, bien ... Pondré a mi propia seguridad personal pendiente. Sé quién está detrás de esto. Sé cómo operan todo esto".

"¿Estás sugiriendo los círculos del crimen organizado Billy?"

"Sí, exacto. Pero creo que necesitas ser una víctima para entender esto".

"Entonces, ¿cómo me convierto en una víctima?" Pregunto Julieta "No uso los autobuses ni los trenes".

"Entonces úsalos y conviértete en una posible víctima. Anímate. Mira, haré un acuerdo contigo y con la policía. Haz esto y te diré todo lo que sé".

Julieta pensó que la sugerencia era una locura.

Pero entonces pensó que sí tenía sus ventajas.

Ella podría estar allí cuando sucediera, por supuesto.

Era peligroso, pero ayudaría a ponerle fin de una manera u otra.

Después de todo, recuerda la historia de cómo todo un equipo que realizaba una película snuff fue descubierto por una periodista que hacía lo mismo hace solo unos años en otra ciudad.

El riesgo de perder su vida era mucho menor en este caso, pero tendría que ser violada en el proceso.

¿Qué mujer sana haría eso?

* * *

Esa tarde, Julieta pensó mucho sobre eso.

La violación era algo que temía que pudiera pasarle, a menos que supiera qué esperar, tal vez.

Ella lo analizó, pasando escenarios por su mente.

La violación era un ataque sorpresa en primera instancia.

El miedo podría disminuirse un poco se lo estuviera esperando.

Ahora se concentró en Jimmy Clarkson y tal vez en su ayuda.

CAPÍTULO 3

A lo largo de los días, ella acordó con Bob crear una exclusiva en las próximas semanas.

Era hora de prepararse para todo el asunto.

Después de reunir el coraje, finalmente llamó a Jimmy Clarkson, desde su casa, una noche.

"Hola soy Jimmy quién es..."

Ella confiaba en esa voz y en el hombre al que pertenecía.

El sonido de él la hizo morir por estar cerca de él y sentirlo a su lado.

Había pasado algún tiempo desde que tuvo relaciones sexuales y la última vez fue con él.

"Hola, soy Julieta ... ¿me recuerdas?"

"¿Te recuerdo? Eso es sí un eufemismo si alguna vez escuché uno. Por supuesto que te recuerdo, nena, cómo podría olvidarte. Siempre estás en mi mente, no puedo sacarte de ella".

Oírle decir que la hacía sentir bien era tan especial.

"Espero que no solo estés diciendo eso por decir" ella respondió.

"Honestamente, he estado esperando que me llames. Te necesito de nuevo. Y sé que me necesitas tanto como yo. Entonces, nena... ¿cuándo nos encontraremos?"

"Bueno, necesito tu ayuda con algo".

"Sabes que te ayudaré con cualquier cosa ... solo di lo que necesitas".

Julieta se rió de las cosas que pasaban por su mente.

"Quiero que me ayudes a que me corra".

Ella lo escuchó reír, pero no era realmente lo que ella quería escuchar.

Su reacción era natural de alguien que pensaba que te amaba.

Preguntar algo fuera de lo común era inusual.

"Cariño. ¿Te escuché bien?"

"Sí. Pero no importa. Olvida lo que dije ya que era estúpido. Estaba siendo estúpida".

"No. No es estúpido. Escúchame ...."

"Jimmy solo estaba ......"

"Entiendo lo que estás diciendo. Olvidas lo que hago para ganarme la vida. Soy un psicólogo, recuerda, y si esta es una de tus fantasías, entonces tal vez deberíamos resolver esto"

"En realidad es más que una fantasía ... quiero que me violen".

Ella ahora estaba dudando con la forma en que debía haberle sonado.

¿Qué debe estar pensando él de ella?

Se arriesgó a explicar las razones que podrían poner en peligro todo lo que ella estaba planeando, lo que en sí mismo era aún escandaloso.

"¿Y si dijera que estaría dispuesto a hacer esto? ¿Julieta entendiste lo que te acabo de decir?"

"Sí, lo hice. ¿Me violarías? ¿Pero por qué?"

Su mente ahora se encontraba en confusión.

Su acuerdo para hacer esto ahora le parecía ridículo.

La violación voluntaria por parte de Jimmy de repente se convirtió en algo desagradable para contemplar.

"Porque me lo pediste ... es algo que quieres ... ¿verdad?"

"Sí, por supuesto, lo siento Jimmy. Solo lo pensé de otra manera, eso es todo".

"¿Es el juego de roles sexual lo que estás buscando?, si es así, lo tomo" preguntó.

"No puedo explicar las razones. Sólo quiero saber cómo es".

"Julieta entiendo".

CAPÍTULO 4

En algún lugar del otro lado de la ciudad, el reloj de la estación de metro marcaba las 11:35.

Tres personas caminaban por la escalera mecánica vestidas con gabardinas de cuero negro en una línea ordenada.

Estaban en sombras, pero una era inequívocamente una mujer por su pelo rubio descolorido y acampanado.

Se pararon en la plataforma de la estación vacía y esperaron.

El chirrido de un tren que se aproximaba se podía escuchar dentro del túnel oscuro, cada vez más fuerte a medida que se acercaba.

Los tres miraron en dirección al tren cuando entró en la estación saliendo de la oscuridad.

Sus ruedas se detienen y las puertas se abren.

El tren estaba prácticamente vacío de pasajeros cuando los tres subieron a él juntos.

Las puertas se cerraron y el tren comenzó a sacudirse de nuevo hacia el oscuro túnel.

El más alto de los tres miró a lo largo del compartimiento viendo a cuatro personas sentadas uniformemente separadas.

Un borracho, dormido en su estupor.

Dos adolescentes, ambos hombres, que se levantaron de sus asientos y caminaron hasta el siguiente carruaje contiguo.

La última era una muchacha de unos veinte años.

Cindy Parker se estremeció cuando los tres la miraron directamente.

Sabía que había algo extraño en ellos y tal vez debería haber seguido a los dos jóvenes que se habían ido a toda prisa.

Intentó no darse cuenta de que los había visto mirándola.

Tal vez solo eran tres personas inofensivas que querían ser notadas.

Uno de ellos se movió hacia ella.

Su corazón comenzó a acelerarse, sus pechos se agitaron con el vestido escotado que llevaba y agarró con fuerza el abrigo.

Era hora de irse.

Sin más vacilaciones, Cindy se levantó de un salto y corrió hacia el compartimiento contiguo.

Demasiado tarde.

Fue ganada por uno de los tres que la agarró por la cintura y le cubrió la boca con la otra mano libre.

Gritar fue inútil.

El guante de cuero negro cubrió su boca con fuerza y sus dedos apretaron su nariz de una manera que controlaba su respiración.

Cuanto más luchaba, más pellizcaba él.

"No te vamos a hacer daño" le dijo a ella.

Su voz era moderada y tranquila, como si todo esto fuera rutinario, incluso clínico.

Los otros dos se acercaron y el segundo hombre alto se paró frente a ella.

Ella intentó patearlo, pero su agarre en sus piernas era tan poderoso que todo se volvió inútil.

Era obvio para Cindy que esto terminaría tan pronto como empezara.

Era víctima de la violación en transporte público.

El hombre ante ella le sonrió, su rostro no era el de alguien que podía hacer esto, pensó.

Abrió su abrigo y rasgó su vestido de arriba a abajo para que se deshiciera exponiendo su ropa interior.

Los ojos de Cindy miraron hacia un lado y vio a la chica parada en uno de los asientos, con una minicámara de video en su mano enfocada en lo que estaba sucediendo.

Era algo enfermo, pero esta había sido su decisión.

Le habían advertido que esto podría suceder y no hizo caso.

Ella se arriesgó.

La colocaron sobre el piso del compartimiento y el hombre alto movió las manos sobre sus pechos firmes antes de tomar un cuchillo y cortar el sujetador entre los senos.

El encaje de algodón se abrió exponiendo sus pezones.

Los pezones no los tenía extendidos por la excitación, sino por el miedo.

Él movió el cuchillo hasta la cintura de su panty y levantándolo con su dedo sobre su piel mientras cortaba hacia abajo, cortando lo suficiente para romper el elástico y producir una rotura.

La muchacha continuaba filmando.

Constantemente enfoca la acción y después enfocaba en la cara de Cindy.

Manos tocando sus pezones y luego el mechón de vello púbico oscuro.

"Eso es, bebé ... Necesito ver mucho miedo en esos bonitos ojos grises tuyos". Ella ordenó.

El hombre que la abrazó se echó a reír y soltó su rostro.

"¡Bastardos!" Cindy gritó.

Le tomó las piernas por las espinillas y las levantó hacia él para que ella se contorsionara, con los tobillos flotando sobre su cabeza hacia ambos lados.

"¡No te saldrás con la tuya!"

"Lo siento, pero creo que lo haremos de cualquier forma".

El hombre alto respondió, abriendo sus pantalones y tomando su dura y larga polla en su mano.

"Sabemos quién eres. Sabemos todo sobre ti".

"Que mierda dices", replicó Cindy. "No sabes nada en absoluto".

Rápidamente, la otra muchacha sacó una fotografía de su bolsillo y la agitó frente a la cara de Cindy.

El miedo en ella se intensificó instantáneamente cuando vio la imagen del pequeño Johnny, su sobrino.

Ella gritó en voz alta, casi rogando que todo terminara cuando su sexo fue penetrado por el hombre, durante lo que pareció una eternidad.

Pero la violación había terminado en cuestión de minutos.

Habían hecho su acto entre dos estaciones y habían dejado el tren en la siguiente.

Cada momento del acto capturado para delicia de los voyeurs cuando se subiera en la red más tarde ese día.

CAPÍTULO 5

"Cindy, ¿por qué no puedes decirnos algo?" Julieta preguntó inclinándose al lado de la víctima mientras esta se sentaba aturdida después de horas de entrevistas con la policía aun vistiendo la ropa cedida por ellos tras la violación en la sede de policía de la ciudad. "¿Te amenazaron realmente mal? Cindy, puedes confiar en mí en esto. No diré nada".

"Sí lo harás." Cindy se volvió para mirar a Julieta a la cara directamente. "Eres una reportera".

"No. Te doy mi palabra sobre esto. Solo necesito saberlo para mi propia investigación. Confía en mí".

"Creo que ya has hecho suficientes preguntas". Una corpulenta policía intervino.

Julieta sonrió y aceptó que eso era todo lo que iba a conseguir en esta ocasión.

Les agradeció a ambos por su tiempo y abrazó a Cindy antes de irse.

"Si necesitas hablar, por favor, ponte en contacto conmigo. En cualquier momento".

***

La mañana iba a resultar otro día super caluroso y pegajoso cuando el sol comenzó a elevarse en el cenit en el cielo entre los edificios más altos.

Julieta abandonó el cuartel general de la policía y se dirigió a una concurrida calle donde se encontraba un taxi.

Ella ahora estaba decidida a obtener la primicia sobre este tema y su mente estaba decidida.

Nada se interpondría en su camino.

***

"Solo quiero estar seguro de que seremos los primeros en resolver esta historia". Bob le explicó con pasión. "Es lo que necesitamos. Puedo verlo ahora. En la primera página ..."

"Bob, ¿te das cuenta de lo peligroso que es esto para mí?" Julieta lo interrumpió.

Ella se paró contra un archivador en su oficina, con los brazos cruzados y ya luciendo estresada en su expresión.

"Sí, estoy decidida y sí, entregaré esto dentro del tiempo que te he dicho. Pero necesito la ayuda de la policía".

"Está bien, todavía lo estoy intentando. Están haciendo todo lo posible en este momento. Les expliqué cuál es nuestro plan y sé que Billy Gaylor hizo lo mismo ..."

"¿Pero?"

"Pero no creen que debamos participar. Todavía no. Además, nunca me dijiste cuál es realmente tu plan".

"Billy conoce mi plan. Me lo sugirió casi todo". Encontró una caja abierta de chocolates en el gabinete y decidió servirse uno de ellos. "Bob ... pensé que estabas a dieta"

Él le devolvió la sonrisa sabiendo muy bien que una dieta es algo que solo se podía pensar en lugar de llevarla a cabo.

CAPÍTULO 6

Esa noche en el apartamento de Julieta, Jimmy fue invitado una vez más.

Ella había preparado la cena e hizo un esfuerzo para que fuera lo más romántico posible.

Vino, luz de velas y música suave.

Y como era de esperar, Jimmy estaba muy feliz de estar en su compañía una vez más.

Tenían asuntos pendientes para continuar con ellos y ahora había algo más que discutir que a Julieta le parecía más importante.

Se sentaron frente a la mesa y Jimmy se dio cuenta de que estaba jugando con su comida más de lo que comía.

"Te está molestando, ¿no? ¿Esta cosa tuya?" preguntó.

Ella lo miró, le tomó la mano y sonrió.

"Creo que puedo ver adónde quieres llegar... al menos creo que puedo. Más que una fantasía". Ella lo escuchó, sabiendo que no podía decirle demasiado. "Me preocupo por ti."

"Sé que lo haces. Y ..."

"No, Julieta. Pienso mucho en ti. Haré lo que me pidas, por supuesto, pero esto es más que un simple juego de roles, más que una diversión entre tú y yo. ¿Por qué necesitas que la experiencia sea tan real? ¿Por qué debe ser como tú dice que debería ser? Es como si estuvieras practicando algo ... no, no ... Es como si estuvieras esperando algo".

"Estuviste de acuerdo en ayudarme, Jimmy".

Ella pasó sus dedos a lo largo de su cara.

Era como el queso blando en sus manos.

No había nada en el mundo que él no haría por ella.

"Ok. Te sorprenderé. Esperas que suceda, pero cuándo y dónde no lo sabrás. Haré exactamente lo que me pediste. Pero ahora mismo te necesito de una manera diferente".

Sus labios se juntaron en un apasionado beso.

Ella había llevado a Jimmy a su habitación y se sentaron abrazándose por un momento dulce juntos.

Ese momento pronto se volvió cada vez más excitable, ya que sentían cómo sus emociones se volvían locas a través de sus sensaciones.

Casi podía saborearla de nuevo.

Ella podía sentirlo dentro de ella, dándole placer.

Sin decir una palabra entre ellos, comenzaron a quitarse la ropa.

Desnudándose delante de sí mismos, disfrutando cada uno del otro mientras lo hacían.

Julieta se recostó en la cama mientras Jimmy se movía sobre ella, sosteniéndose encima de ella mientras se miraban a los ojos.

Se lamen suavemente los labios y la boca, convirtiéndose una vez más en apasionados besos.

Profundos y significativos.

Él ya estaba duro y ella estaba mojada, su deseo mutuo parecía ser lo único que importaba ahora.

Los asuntos pendientes podrían continuar de nuevo desde la última vez.

Había tanto que él quería mostrarle y tanto que ella estaba dispuesta a aprender de él.

Jimmy sostuvo su virilidad entre dos dedos, lo que le permitió a Julieta besar suavemente la punta, y luego dándole un beso tras otro él mientras le acariciaba el pelo.

Ella tomó sus bolas con una mano, amasándolas con sensibilidad haciendo que se elevara más su miembro por lo que él quitó ya sus manos para que ella pudiera tomar el control.

Una vez que ella lo tuvo, comenzó a chupar lentamente, escuchando sus gemidos mientras seguía chupando.

"Sí ... quiero que no pares hasta que me hagas correr en tu boca, Julieta. Como la última y maravillosa vez".

Y que aún recordaba, y esta vez sabría esperar un poco más para disfrutar más tiempo de su lengua y labios en su grueso y duro miembro.

Más rápido y profundo ahora, acomodándose a su longitud y circunferencia, ella lo bombeaba incesantemente haciendo él pudiera sentir que su orgasmo estaba llegando a su clímax.

El estremecimiento de cada músculo en su cuerpo le dijo a ella lo que estaba punto de suceder.

Y como un volcán en erupción, comenzó a expulsar su leche caliente en su garganta, descargando disparo tras disparo de su esperma cremoso y caliente.

Ella ya sabía que su sabor era dulce y a la vez salado.

Al principio, ella pensó que era un poco desagradable, pero se acostumbró después de varias veces de tragarlo.

Ella devoró cada gota que lanzo en su garganta y se lamió lo que quedó en sus labios sin dejar una gota, pero dejando parte en su lengua.

Ella lo miró y dejó que su lengua se encontrara con la de él para que pudieran intercambiar los restos de leche entre ellos.

A él, a menudo le gustaba saborearse a sí mismo mientras hacía el amor y compartía besos con sabor a esperma con ella mientras sus dedos tiraban de su pezón, atormentándola, haciendo que se pusiera aún más húmeda de lo que ya estaba.

Ahora que estaba completamente mojada, Jimmy la acomodó ahora a ella en la cama y abrió sus muslos de par en par, pero en una posición cómoda.

Sus labios vaginales brillaban de humedad cuando los separó con sus dedos.

El olor de ella llenaba sus fosas nasales de manera más dulce de lo que él imaginaba.

Lentamente, lamió con su lengua alrededor de sus labios externos, escuchándola jadear y gemir, y luego uno a uno le chupó los labios internos con la boca, saboreándolos.

Para Jimmy, Julieta era la más dulce que había probado hasta ahora.

Parecía ser un conocedor de muchas mujeres en su vida, y ahora había encontrado una de la que estaba empezando a enamorarse.

Esos suaves labios rosados de ella eran únicos para él, ni demasiado grandes ni demasiado pequeños.

Pensaba para sí mismo en la casi perfección en la naturaleza de su flor femenina.

Sus dedos separaron sus labios mientras pasaba su lengua por su vagina, ancha e invitadora y luego alrededor de su clítoris encapuchado, jugando con ella hasta que esta gritó por más y más.

Él deslizó un dedo y luego otro dentro de ella, empujando suavemente su punto más sensible hasta que ella se entregó a él con un pequeño chorro de leche clara y caliente.

Julieta quería que su relación funcionara.

Ahora sabía que Jimmy era el hombre para ella.

Era amable y gentil, guapo y muy inteligente.

Juntos hacían la sinfonía correcta.

Pero a ella le preocupaba él y el arreglo que habían hecho.

***

Ella tomó un sorbo de su taza de café del desayuno mucho después de que él se hubiera ido en la mañana.

Julieta tendría el día para ella sola y haría lo que quisiera.

Ni se preocupó de que él pudiera estar esperándola en alguna parte, merodeando y esperando para saltar.

Jimmy era ágil y podía hacer lo que quisiera una vez que se hubiera propuesto eso.

* * *

Él, desde la cima donde estaba situado el bloque de apartamentos, miró el paisaje urbano y el río que dividía la metrópolis en dos.

Con los brazos cruzados en una especias de meditación profunda, de repente se dio cuenta de algo: Julieta se quería exponer a sí misma para los violadores de las personas que iban en transporte público, tenía que ser eso.

Y ese pensamiento lo hizo enojar al pensar que en su trabajo le permitían hacer esto y poner su vida en tanto peligro.

Se decidió.

Él iba a irrumpir mientras ella se duchaba, para así llevar a cabo el trato que habían hecho.

Ya no podía esperar.

Jimmy corrió por las escaleras a toda prisa hacia su apartamento.

Una vez allí, se paró delante de la puerta y esperó un rato recuperando el aliento antes de tocar el timbre repetidamente.

* * *

Julieta estaba parada delante de él en camisón

"¿Jimmy? ¿Qué te ocurre?"

Él la miró sin decir nada.

Sus ojos parecen penetrar directamente en ella como los de un hombre salvaje.

Pero luego se dio cuenta de lo que estaba haciendo y al instante vio el lado divertido de eso.

"Jimmy, es demasiado pronto". ella rió. "Y se supone que debes entrar a la fuerza... si así es como lo planeaste".

La mente de Jimmy estaba enloquecida.

¿Por qué no hacerlo ahora?

Mírala, pensó.

Ella no lo estaba aceptando.

¿Las víctimas lo aceptan fácilmente?

No.

Pero él no estaba allí ahora para llevar a cabo su plan, estaba allí para confrontarla sobre por qué ella quería que lo hiciera así.

Y para qué.

Su mente estaba confundida y llena de dudas.

Dios se veía tan hermosa.

¿Por qué no violarla?

Llévala por la fuerza mientras ella estaba vulnerable.

De repente, la empujó dentro y cerró la puerta detrás de ellos.

"¡Jimmy! No, espera un minuto."

Ya no había que esperar, ni hablarlo.

Esto fue lo que ella pidió y ¿por qué él no podía tomarse estas libertades como el que más?

Su mente estaba inundada de preguntas que no podía responder por sí mismo.

La empujó de nuevo, más fuerte esta vez hasta que ella cayó de espaldas sobre el sofá.

Con un tirón le arrancó el camisón por completo.

"Jimmy por favor ... espera. No creo que esto ..."

Julieta estaba desnuda y extendiendo los brazos en defensa.

Ella le rogó que se detuviera, pero Jimmy la agarró y la giró para que tuviera su cabello envuelto en su mano.

Cada vez que ella luchaba por liberarse, él apretaba más dolorosamente.

"¿Esto es lo que querías? ¿Lo es? ¿Lo es?"

Gritó, tirando de su cabeza hacia atrás.

"No, espera ...... por favor, Jimmy".

Las lágrimas comenzaron a brotar en sus ojos con la tortura que él le estaba dando.

Jimmy pasó su mano por sus nalgas, deslizando su dedo en su sexo y sintiendo la humedad en su abertura.

Se decidió y deslizó su dura polla dentro de ella con fuerza.

Ella nunca lo había sentido de esa manera antes, ni podría imaginar que pudiera ser tan rudo.

"¡Tómalo, perra!"

Cada empuje fue dado con una violación, mientras repetía sus palabras una y otra vez.

Julieta comenzó a renunciar a resistirse al cabo de un rato.

Ella había pedido que esto sucediera y de alguna manera era lo que él estaba haciendo.

Quería sentir lo que era ser violada de la manera más brutal posible y ahora estaba sabiendo.

Después de que ella lo sintió venirse dentro de ella, Jimmy se dio cuenta de lo que había hecho.

Una ola de arrepentimiento se apoderó de él cuando dio un paso atrás y cayó de rodillas llorando.

Y para Julieta igualmente se había acabado y ella también lloró con alivio y culpa.

Después de un rato, ella se sentó y lo tomó en sus brazos para consolarlo.

"Está bien ... entiendo ... no te sientas mal ... no te sientas mal ..."

CAPITULO 7

Jimmy se sentó y tomó un sorbo de su copa de brandy, todavía sintiéndose muy mal por dentro.

Julieta estaba agachada en la silla reviviendo los sentimientos de aquella mañana.

"Pensé que sería divertido." él dijo. "Estaba equivocado."

"No hay diversión en ese tipo de cosas. Hiciste lo que yo quería" Ella le dijo.

"¿Cómo puedes dejarte hacer esto?"

"Es algo que debo hacer. Es el tipo de persona que soy. Es como una venganza para todas las mujeres que han sido violadas en esta ciudad".

Él le explicó todas las emociones que lo golpearon en la cabeza esa mañana.

Cómo se enloqueció con una rabia tan furiosa y confusa que hizo posible todo lo que había hecho.

"Si alguien iba a tenerte así tenía que ser yo".

Julieta lo miró y de alguna manera descifró lo que él le había dicho y lo entendió claramente.

Estaba luchando por lo que sabía que era suyo y nadie más tenía ese derecho a tenerlo.

"Jimmy.... te amo"

CAPÍTULO 8

Gabrielle se sentó en el taburete y volvió a reproducir la cinta de la cámara para sí misma.

Sus piernas se abrieron de par en par al sentarse, lo que permitió a Gary observar por debajo de su falda el espectáculo sin panties que tenía ante él mientras se movía ante ella.

Ella acarició su cabello rubio mientras se reía con la repetición de la cinta y luego lo miró.

"Esto es tan jodidamente bueno" Ella le dijo.

"Lo mejor que hemos hecho hasta ahora. Mucho estrés emocional". Gary respondió.

"Lástima que no podamos ir más lejos. Me encantaría pasar al siguiente nivel".

"De ninguna manera. Ese no es nuestro camino. Debemos respetar la vida".

"¿Quién lo dice? Podríamos hacer lo que quisiéramos".

La alta figura de Danny entró en la habitación.

Había escuchado la conversación y había decidido entrar para agarrar a Gary por su cola de caballo y sostener un cuchillo en su garganta.

"Adelante. ¡Graba esto!"

"¡No!" Gary fue instantáneamente atormentado por el miedo.

Gabrielle se sentó y lo tomó con calma, sonriéndole a Danny.

"¡Vamos! A ver si me importa".

"¡Gabrielle, joder!" Gary gritó.

Danny acercó aún más la hoja a su piel, cortándola para que sangrara por un pequeño rasguño.

"¡Oh, mierda! ... no, por favor, Danny ... ¡joder, no hagas esto!"

"No se habla más de asesinato, ¿está claro? ¿Ambos?" Danny escupió su rabia. "Hacemos esto por dinero y en tu caso perra ...... por placer".

* * *

Gabrielle era cruel en sí misma.

Ella era muy malvada en sus más profundos deseos.

Tenía una belleza siniestra con la que ella podía atraer a hombres y mujeres a sus garras, y el resultado final sería nada menos que dolor y sufrimiento para sus víctimas.

Gary era un debilucho.

Si las cosas se ponían demasiado calientes, era un cobarde natural.

Sin Danny y Gabrielle sería un inútil para la causa en la que estaban metidos.

Danny sin embargo era un líder.

Estaba motivado solo por el dinero, por lo que haría cualquier cosa.

Y era fiel a quien le pagaba generosamente.

Volvió a meter el cuchillo en la bota y tiró a Gary al suelo.

"Recuerda quién dirige este negocio. No la jodas".

Gabrielle miró a su líder con sus ojos penetrantes de color azul claro, todavía con una sonrisa en sus labios, mientras que Gary yacía en el suelo sosteniéndose su garganta con ambas manos para detener el sangrado que solo era superficial.

"Entonces, ¿cuándo sabremos cuánto vale la pena todo esto?" ella preguntó.

"Pronto. Te dije antes sobre el trato que tenemos. Tienes que confiar en mí, aunque sé que no lo haces".

"Se está tardando demasiado". ella respondió. "Necesito el aliciente de la recompensa".

"Serás justamente recompensada mi bonito ángel". Danny le dijo sonriendo.

"¡Me estoy sangrando! ¡Me voy a morir! ¡Que alguien me ayude aquí!" Gary gritaba con autocompasión.

CAPÍTULO 9

Billy Gaylor tenía un visitante en su casa.

El detective James Stevens se mantenía de pie al lado sobre los otros dos oficiales de policía vestidos de civil que habían acudido a compañía.

Stevens ahora se estaba volviendo un invitado casi familiar con sus visitas regulares a Gaylor.

Los tres estaban en la piscina de Stevens cerca de su anfitrión, que yacía tomando el sol en una tumbona.

Stevens le habló en casi susurros.

"Tienes la intención de detener esto, ¿no?" le preguntó.

"No sé de qué mierda estás hablando".

"Creo que sí. Escuché unos murmullos. Podría hacer que las cosas te resultasen incómodas. No puedes salirte con la tuya con este estúpido juego. Conoces la situación".

"Stevens, ya he tenido suficiente. Ustedes no van a sacar más de mí".

Se sentó y casi nariz con nariz le habló a Stevens.

"Después de que te pagué cincuenta mil dólares, prometiste que estas violaciones se detendrían. Ya no puedo confiar en ti".

"Lo estamos intentando. Ya sabes cómo es. Es una ciudad ocupada. Otros cincuenta y tal vez podríamos esforzarnos más".

"¡Que te jodan, Stevens! Conozco tu juego".

"No tienes pruebas. Como dije, puedo volverlo en tu contra en cualquier momento que lo desee". Stevens sonrió. "Vamos Billy, seamos sinceros, ya estás acabado".

"¡Mierda! No me voy a caer tan fácilmente".

Los dos compañeros de Stevens solo podían escuchar débiles susurros, pero estaban profundamente involucrados con los planes de Stevens.

Él los llamó.

"Está bien, muéstrenle a nuestro amigo el Sr. Gaylor lo que podemos hacer".

Ambos tomaron a Gaylor, uno en cada brazo y lo levantaron de la tumbona a sus pies.

Trató de liberarse, pero al instante fue arrojado de cabeza a la piscina.

"¡No te saldrás con la tuya, joder!" Gaylor salió a la superficie gritándoles.

Stevens apuntó con una pistola en la mano hacía el guardaespaldas personal de Gaylor que corría desde la casa para ayudar a su empleador, deteniéndole en su camino.

Los tres se rieron sintiéndose claramente orgullosos y satisfechos de lo que le habían hecho al millonario por ellos mismos.

"Cincuenta mil a esta hora mañana mismo Billy. No olvides nuestros arreglos".

CAPÍTULO 10

Julieta buscó en los suburbios occidentales densamente poblados durante todo el día hasta que encontró a quién buscaba.

La casa de Cindy Parker estaba en el medio de una urbanización en decadencia.

Era difícil imaginar la cantidad de pobreza que existía entre los ciudadanos desempleados hasta que te golpeaba en la cara.

Vehículos quemados abandonados robados por asaltantes y ladrones de automóviles que vislumbraban una oportunidad para conseguir algo de dinero y basura no recolectada tirada dentro de parcelas vacías entre las casas prefabricadas.

La prostitución era un medio de existencia para algunas de las jóvenes y no era controlada por las autoridades.

Se sorprendió al conocer el gran número de adolescentes en edad escolar que esperaban conseguir algún negocio fuera, en las calles.

Cindy sin embargo no era de ese tipo de chica.

Vivía con su madre y durante el día estudiaba en el colegio comunitario para continuar con su educación.

***

Cuando Julieta la alcanzó en la avenida, Cindy hizo todo lo posible por evitarla, pero Julieta fue persuasiva.

"Cindy necesito hablar contigo."

"Mira, estoy demasiado ocupada para esto. Se acabó todo ahora".

Cindy trató de alejarse de ella, corriendo hacia su casa.

Julieta la siguió hasta el porche delantero y, actuando con respeto, Cindy no pudo rechazarla.

"Ok, será mejor que entres".

Una vez dentro, Julieta se dio cuenta de cómo algunas de estas personas luchaban por construir un refugio de comodidad a partir de lo que sucedía a su alrededor.

Julieta estaba familiarizada con el estilo de las casas, habiendo sido criada como una niña en una zona similar de la ciudad, pero no tan pobre como la que se encontraba.

Era difícil esperar que Cindy revelara por qué no quería identificar a sus violadores.

Entonces Julieta le explicó su plan para capturarlos ella misma.

"¿Estás loca?" Preguntó Cindy.

"Tal vez lo estoy. Pero tenemos que detenerlos".

Cindy sacó una fotografía de su sobrino jugando en la calle.

La misma fotografía que los violadores le dieron la noche en que se convirtió en su víctima.

"Le harán daño si digo algo".

Continuó contemplando la fotografía y recordó todo lo que pasó.

"¿Quieres decir que sabían quién eras?"

"Ellos debían de saberlo."

En ese momento, Julieta descubrió que las violaciones en transporte público no eran aleatorias sino planeadas.

Billy Gaylor tenía razón después de todo, estos crímenes sexuales seguían pasando por que había elementos de miedo involucrados en ellos.

"Entonces, a menos que te elijan, ¿no serás una víctima?"

Eso ahora haría imposible que la eligieran a ella misma.

Pero Gaylor dijo que quería que ella lo hiciera de esa manera.

Gaylor debe haber arreglado algo que la involucrara para convertirse en una víctima.

Agradeció a Cindy por su ayuda y llamó rápidamente a un taxi para que la llevara a hacerle una visita a Billy Gaylor inmediatamente.

***

"Sé que me has puesto en el punto de mira de los violadores". Espetó Julieta.

Gaylor encendió su cigarro cubano y eliminó el fósforo arrojándolo a un cenicero con pericia de experto.

"E imagino que alguien me está vigilando ahora mismo, día y noche".

"¿Y qué?"

"Por lo que deduzco que podrías parar esto sin que tuviera que involucrarme. ¿Por qué no lo haces?"

"Tómatelo con calma. Es complicado". Gaylor respondió.

"Quiero una explicación Billy"

"De alguna manera te la mereces. Desde el principio le dije a Bob que era una idea loca".

"¿Bob?"

"Eres demasiado inteligente por mucho, Julieta. Él debe pensar que eres una especie de tonta periodista rubia. Por supuesto, sabía que habría la posibilidad de que descubrieras ciertas cosas. Creo que Bob estaba muy desesperado en el momento en que lo pensó. Intentaba cualquier cosa para salvar su precioso periódico. Una historia como esta podría ser justo lo que necesita para ganarse la confianza de sus patrocinadores y accionistas ".

Julieta no podía creer lo que le había dicho.

Se dejó caer en una silla y repitió una y otra vez las palabras en su mente.

Bob lo había planeado todo, pero ¿cuánto estaba involucrado con todo el asunto?

"¿Todo esto es un juego de rol para salvar un periódico?" ella preguntó.

"No todo. Como dije, es complicado. Ahora, esta parte al menos no va a continuar en absoluto. No creo que alguien tan inteligente como tú vaya a seguir hablando de esto".

"¿Qué quieres decir?"

"Podrías arruinar todo para mí y para Bob. Entonces, creo que es hora de mi plan de contingencia. Lo siento, Julieta".

Rápidamente, una mano surgió detrás de la silla y cerró su boca.

Un fuerte aroma del éter llenó su sistema respiratorio.

Comenzó a forcejear, observando la sonrisa triste de Billy Gaylor antes de que su visión se volviera cada vez más borrosa a medida que el éter hacía efecto y se debilitaba más y más.

Un sueño profundo pronto se apoderó de su cuerpo y su mente.

CAPÍTULO 11

Abrió los ojos y vio grietas en el techo directamente encima de ella.

Tenía dolor en sus muñecas y tobillos y se dio cuenta de que estaba acostada boca arriba, atada por las extremidades a un colchón suave bajo ella.

Su vista se aclaró y notaba que todavía había un hedor a éter presente alrededor de su nariz y labios.

Su lengua estaba seca e hinchada.

Miró alrededor del lugar en el que estaba.

Una habitación vacía sin ventanas con una única bombilla en una lámpara de latón en la esquina cerca de la puerta cerrada.

Julieta trató de hablar, pero su garganta también estaba seca.

Ella tiró contra las suaves ataduras de algodón alrededor de sus muñecas, pero estaban apretadas y no permitían ningún movimiento.

Se miró hacia abajo y se dio cuenta de que estaba desnuda, al menos en topless, ya que sentía la presencia de sus bragas alrededor de su cintura y entrepierna.

El miedo se apoderó de su curiosidad al instante.

Quería gritar y chillar, pero era consciente de su peligrosa situación.

Solo podría empeorar las cosas para ella si lo hacía.

Se dijo a sí misma que debía mantener la calma y se dio cuenta de que necesitaba beber algo y, lo peor de todo, que necesitaba orinar.

La puerta se abrió y una chica desconocida entró en la habitación.

Gabrielle era desconocida al menos para Julieta, ya que nunca antes se habían encontrado en sus vidas.

"¿Dónde estoy?"

Gabrielle se apoyó en el borde de la cama también de latón y sonrió a su huésped cautiva.

"En buena compañía linda mexicana. Ni siquiera sé tu nombre, pero me dicen que eres importante. Tengo que cuidarte".

"Ok, ¿en ese caso me puedes desatar?" Pregunto Julieta

"No. Si yo hiciera eso, entonces podrías escapar".

"Entonces, ¿puedo tomar un trago de agua al menos?"

Gabrielle se colocó a un lado de su cautiva y le acarició el cabello con una mano delgada con unas largas uñas pintadas de color plateado.

Julieta notó que Gabrielle estaba extrañamente vestida.

Llevaba un ceñido vestido de cuero negro que sostenía sus pechos apretados, con su cabello rubio ondulando y que le caía en cascada sobre sus hombros, estando maquillada con sombra de ojos y lápiz labial plateados.

La forma en que Gabrielle tocó su cabello y pasó un suave dedo sobre su cara tenía un toque de cruel afecto.

Sabía que quienquiera que fuera esta chica, no sería fácil tratar con ella.

"¿Agua? No tengo agua. ¿Qué vamos a hacer?"

"Necesito algo de beber, seguramente podrás entender eso". Julieta se confesó. "¿Puedes traerme algo de beber?"

Había una nota de afirmación en su voz.

Gabrielle miró alrededor de la habitación y luego miró a Julieta.

"Déjame pensar en eso por un rato ..."

"¿En qué hay que pensar? Necesito beber".

Ahora también se dio cuenta de que Gabrielle era tonta o actuaba.

Más actuación que otra cosa parecía, ya que obviamente estaba empeñada en ser francamente cruel.

"¿Me vas a hacer esperar entonces?"

"Sí."

"¿Sabes por qué estoy aquí?"

"Sí. Has sido muy traviesa y tienes que ser castigada".

"¿Quién te dijo eso? ¿Cuál es tu nombre?"

Gabrielle tocó lentamente el pezón de Julieta y lo vio reaccionar.

Ella sonrió con esa sonrisa malvada que tenía, pasando su afilada uña alrededor de la aureola tentativamente.

"Oh mira. ¿Te estoy poniendo cachonda?"

"De ninguna manera." Julieta respondió.

Era el miedo lo que produjo la reacción más que la implicación erótica.

"¿Podemos hablar sobre mi sed? Y todavía no me has dicho tu nombre".

"¿Te afeitas o te recortas? Déjame echar un vistazo".

Gabrielle pasó su dedo sobre el ombligo de Julieta.

Esta tragó saliva, su garganta picaba con la sequedad dejada por el éter, y luego sintió a Gabrielle bajándole las bragas.

"Oh, sí, qué bien. Veo que te recortas el coño. Tan limpio y ordenado".

"Hago lo mejor que puedo."

Julieta sintió una pinchazo entre sus labios externos vaginales cuando Gabrielle la empujó bruscamente.

"Eso duele."

"Oh, lo siento. Estaba revisando para ver si estabas mojada".

"¿Y si así fuera?"

"Hmmm ... tal vez podríamos jugar".

"Tal vez podríamos. Pero primero necesito esa bebida".

Gabrielle pensó, pasando el dorso de sus dedos lentamente por el ombligo de Julieta una vez más.

Luego se detuvo y corrió hacia la puerta, dejando a Julieta sola en la habitación.

Ella dio un suspiro de alivio en ese momento con la esperanza de que una bebida estaría en camino muy pronto.

Pero no hizo nada para aliviar la opresión que sentía en su vejiga que se estaba volviendo cada vez más dolorosa.

CAPÍTULO 12

Gaylor salió de su limusina en un suelo lleno de residuos y se dirigió hacia el coche aparcado enfrente.

Colocó el maletín en el capó y esperó, mirando a Stevens a través del parabrisas.

"¿Vas a salir a recoger este dinero o qué?"

Stevens, después de unos segundos de pausa, salió de su auto, y Gaylor giró el maletín hacia él sin este tocarlo.

"¿Qué pasa? ¿No lo quieres? ¿O tal vez crees que te estoy engañando en esto? ¡Mira a tu alrededor!"

"No confío y nunca confiaré en ti, Billy".

"¿Quieres contarlo?"

"No."

"¡Pensé que habías dicho que no confiabas en mí, estúpido de mierda!"

Stevens agarró el maletín y lo arrojó en el coche delante de él.

"Rompiste las reglas, Billy. No deberías haberte contactado con Danny".

"Bueno, solo digamos que tenía un negocio extra que poner en su jueguecito". Gaylor respondió sonriendo. "Y este negocio es algo mejor que tu trato. Y que los últimos cincuenta mil dólares te pague bien".

"No te preocupes Billy, un día te tendré."

Stevens puso en marcha el motor y aceleró a la inversa de Gaylor, que se despidió sonriente enviando gestos obscenos con los dedos.

Billy Gaylor le había ofrecido a Danny un mejor trato que el original que le ofreció a Stevens.

Y la lealtad de Danny había cambiado ahora, dejando al detective en medio de un dilema lamentable.

Pero Danny no se dio cuenta de cómo quedó su propia situación.

Stevens ahora intentaría encontrar una manera de detener las violaciones y arrestarlos a todos sin delatar su propia participación en los hechos.

No iba a ser fácil, pero estaba determinado a hacerlo, ya que cualquiera se podía dar cuenta ahora que él podría ser el que fuera eliminado instantáneamente del plan.

***

Gaylor se sentó en su limusina y le ordenó a su chofer que lo llevara a casa.

Marcó un número en su teléfono celular y esperó hasta que éste fue respondido.

"Ay Danny, ¿cómo te va? ... ¿estás cuidando a mi amiguita?"

CAPÍTULO 13

Julieta observó cómo Gabrielle aflojaba su muñeca y luego le permitía tomar un sorbo de agua del vaso, torpemente.

Gabrielle sonrió y juguetonamente le acarició el cabello a Julieta, esperando que ella jugara a sus juegos como una devolución de favores.

Pero Julieta tenía otras ideas.

"Gracias. Entonces, ¿puedo saber quién eres y dónde estoy?" Julieta pregunto mirando alrededor de la habitación vacía. "Sabes que ayudaría si pudiera sentarme. Si me desatas la otra muñeca".

"No puedo hacer eso". Gabrielle respondió.

"¿Por qué no?"

"Podrías escapar".

"Ok. Te prometo que no lo haré y, además, tal vez podría manejarme mejor con lo que tienes en mente".

Esto hizo que Gabrielle se emocionara y Julieta se dio cuenta de que no era la persona más inteligente del mundo en lo que se refería al intelecto.

"¿Lo prometes?" Gabrielle preguntó.

Julieta respondió con una sonrisa y un gesto de su cabeza.

"¿De verdad quieres jugar?"

Gabrielle extendió la mano y comenzó a desatarle la otra muñeca y, al hacerlo, levantó la pierna del suelo haciendo que la daga que llevaba metida en las botas hasta la rodilla, fuera accesible.

Julieta rápidamente la alcanzó con una mano libre, lanzando el vaso de agua a la cara para despistarla.

Con ambas manos libres, ella agarró el cabello de Gabrielle con fuerza y sostuvo la daga contra su cara.

"¡Ni siquiera pienses en moverte perra!"

Gabrielle hizo lo que le dijo.

Ella ni siquiera se había imaginado que Julieta pudiera hacer tal movimiento sobre ella.

"Quiero que hagas todo lo que te diga ..."

En ese momento, Julieta le ordenó que se estirara y le desatara los tobillos lentamente de uno en uno mientras aferraba con fuerza su cabello, tirando de vez en cuando para mostrarle quién estaba a cargo.

Julieta se arrodilló y tiró de Gabrielle hacia ella, sosteniendo la daga ahora en su garganta y tirando del cabello.

"Ok, ahora vamos a salir de esta habitación. ¿Quién está al otro lado de esa puerta?"

"Gary está al lado".

"¿Alguien más?"

"No, sólo yo y Gary".

Y en ese momento la puerta se abrió de golpe.

Danny estaba parado en el marco apuntando con una pistola a las dos mujeres.

"Puta mexicana, suelta la daga ... ¡AHORA!"

Julieta se había quedado sorprendida, no solo por el golpe repentino de la puerta al abrirse, sino también al ver un arma apuntando hacia ella.

Su vejiga se liberó en ese momento, incapaz de aguantar mucho más tiempo.

CAPÍTULO 14

Jimmy intentaba llamar interminablemente a Julieta a su teléfono.

El número de contacto que tenía no estaba disponible o sin respuesta.

Era tarde y la hora que habían acordado para reunirse había pasado ya hacía muchas horas.

Empezó a preocuparse.

Dio marcha atrás a su automóvil para salir del camino del teatro y se dirigió rápidamente por la calle principal, abriéndose paso por el resto del tráfico nocturno, a punto de ocasionar varias colisiones mientras conducía.

Él irrumpió en la oficina de Bob Andrews.

Bob estaba trabajando hasta muy tarde para conseguir sacar un número con una gran portada.

"¡Qué demonios! ... ¿quién diablos eres? ¿Quién te dejó entrar?"

Jimmy se apoyó en el escritorio y, casi alcanzando a Bob con su saliva, escupió sus palabras:

"¡Julieta! ¿Dónde está?"

"Cómo demonios voy a saberlo, no soy su guardián". Bob respondió.

"Tú la asignaste ese tarea. Entonces, ¿dónde está ella?"

"Dime quién eres primero y podría considerar hablar contigo".

Jimmy se acomodó y se sentó nervioso con la cabeza entre las manos.

"Lo siento. Me preocupo por ella. Ella está desaparecida".

"Probablemente trabajando en un lugar tranquilo, apartado. Ella lo hace así a veces".

"No." Jimmy respondió. "No, creo que ella tiene un problema".

"No me preocuparía. Julieta aparecerá cuando esté lista. Entonces, ¿quién demonios eres?"

Le explicó a Bob quién era él.

Bob no se había dado cuenta de que Julieta tenía amigos y mucho menos un amante.

Ella era una mujer muy privada que solo conocía a gente por negocios.

Y por lo que Gaylor le había dicho hace apenas una hora, Julieta tuvo que enfrentarse a una circunstancia trágica para poder apartarla de su camino.

"Pensé que podrías saber dónde estaba ella. Lamento haberte molestado". Jimmy se levantó y caminó hacia la puerta de la oficina.

"No, espera. Siéntate". Bob pidió.

Ahora estaba preocupado por cualquier cosa que Julieta pudiera haberle dicho.

De repente, Jimmy era un riesgo para todo el plan que Gaylor había establecido.

"Tal vez pueda ayudarte. Hacemos cosas en secreto muy a veces para proteger las cosas y la gente. A Julieta le enviaron a tarea muy urgente".

"¿Adónde?"

"No puedo decirlo, pero te aseguro que no tuvo nada que ver con lo que ella te haya dicho".

Jimmy se dio cuenta de que Bob se había puesto muy nervioso y preocupado en cuanto le había explicado quién era.

"¿Y qué crees que ella puede haberme dicho?" preguntó.

"La tarea en la que se suponía que debía estar ocupada".

"¿Las violaciones en transporte público?"

"Sí, ese es el tema".

"Sr. Andrews, ¿puede decirme algo sobre ese encargo?"

Bob comenzó a temblar.

"No mucho realmente. ¿Qué quiere saber en particular?"

"¿Estaba dispuesta a atrapar a los violadores?" Preguntó Jimmy, acomodándose en su asiento.

"No puedo decirlo. Confidencialidad y todo eso, entiendes, ¿no?".

"No, no entiendo. ¿La condicionaste para que lo hiciera de la manera que ella planeó?"

"Mira, ella lo quería así".

"¿No crees que fue un poco irresponsable por tu parte?"

Jimmy sabía cómo aplicar presión sobre las personas cuando era necesario.

Y se encontró con que Bob Andrews mostraba los signos psicológicos claros de que estaba ocultando algo importante.

"Señor Andrews, no creo que ella esté en una misión urgente. Sabe dónde está, ¿no?"

Bob ahora sabía que Jimmy era una amenaza.

Su plan no era tan fácil como parecía.

La disposición de Julieta fue aparentemente fácil.

Era una mujer que vivía sola y llevaba una vida privada muy escasa aparte de su trabajo.

Bob iba a ser el empleador preocupado y atento que se encargaría de las cosas.

Jimmy se enojó más y más mientras se sentaba observando las ansiosas reacciones de Bob.

Jimmy se inclinó sobre el escritorio rápidamente, agarrando la camisa de Bob con ambas manos.

Su peso no fue un problema para él por lo que concentró toda su energía en extraer físicamente la información que quería.

La naturaleza mansa de Bob le facilitó a Jimmy para intimidarlo.

"¿¡Donde esta ella!?"

CAPÍTULO 15

Julieta sintió el dolor desgarrador en sus brazos mientras estaba suspendida de la cuerda.

Ambas muñecas atadas juntas sobre su cabeza, colgando, sus pies solo a pulgadas del piso debajo de ella.

Danny le puso el dedo en su omóplato y la hizo que se balanceara, lo que hizo que el dolor aumentara aún más.

Gabrielle se sentó en una silla mirando desde el otro lado de la habitación sonriendo.

"Al intenta escapar has hecho que las cosas se te pongan más difíciles". Danny le susurró al oído a Julieta.

Las lágrimas corrían por su rostro mientras trataba de combatir el dolor y el miedo dentro de ella.

Él caminó alrededor de su torturado cuerpo desnudo y luego dio un paso atrás.

"Mmmm ... qué bonito cuerpo latino tienes. Moreno y muy sexy. Y veo que te cuidas. Me gusta eso, ¿verdad, Gabrielle?"

"Sí." Gabrielle dio un paso adelante y se paró junto a su líder. "Ella es muy sexy".

"Creo que nuestro amiga aquí debería haber sido una modelo, no una periodista".

"Creo que tienes razón." Gabrielle respondió.

"Ahora se está dando cuenta que tuvo la desafortunada disposición de ser bendecida con inteligencia que alteró el curso de su vida. La inteligencia en una mujer pueden ser una desventaja. La mete en todo tipo de problemas".

"Ay ... yo también tengo inteligencia". Gabrielle espetó.

Él la miró y se echó a reír.

"Si la tienes. Pero muy poca".

"Tienes que liberarme". Julieta suplicó, su voz debilitada por el dolor.

"¿Qué fue eso?"

Danny se acercó, sus manos recorrieron la piel empapada de transpiración de sus senos.

"¿Dijiste algo?"

Los ojos de ella estaban parcialmente cerrados, pero lo miró directamente a la cara antes de escupirle en la misma.

Danny se limpió la nariz donde la saliva lo había golpeado.

"Eso no fue muy agradable, Julieta. Como te dije, solo harás las cosas peor para ti".

Gabrielle flexionó la fusta que sostenía en su mano.

"Déjame castigarla."

Danny rápidamente agarró la fusta y la sostuvo.

"¡No! Déjala abajo"

CAPÍTULO 16

El guardia de seguridad saltó sobre Jimmy por detrás y lo envió volando al piso de la oficina, arrastrando a Bob con él.

Jimmy fue superado por el corpulento guardia y restringido con ambas manos detrás de su espalda.

Las esposas encajaron en su lugar.

Bob se levantó y se volvió a sentar en la silla mientras el guardia se sentaba sobre Jimmy, todavía pataleando y luchando por liberarse.

"Está bien jefe, la policía está en camino". El guardia informó. "Quién es este tipo de todos modos".

Bob sacó su pañuelo y se secó la frente.

"Alguien que pasó el control de seguridad. ¿Dónde diablos estabas ... durmiendo?"

"No. Estaba de patrulla".

"Entonces, ¿cómo diablos entró aquí?"

CAPÍTULO 17

Danny sostuvo a Julieta y colgó su cuerpo torturado sobre su hombro mientras Gabrielle soltaba sus muñecas.

Luego la llevó a un colchón en el suelo, bajándola suavemente.

Julieta estaba débil por el dolor de colgar de sus brazos durante lo que había parecido una eternidad, pero solo fueron unas pocas horas.

"Nunca te saldrás con la tuya, quienquiera que seas". ella murmuro

Danny se volvió hacia Gabrielle y le indicó que se alejara.

Ella le devolvió una expresión irritada y se sentó de mala gana de nuevo en su silla.

Se paró sobre Julieta y la miró.

"No estás en una posición muy favorable para amenazar a nadie".

Él se arrodilló a su lado y le apartó el cabello humedecido de la cara.

"No me gustan las amenazas".

Ella lo miró, escuchando su voz suave pero agresiva.

"No me gusta que me escupan, que me pateen o que me peguen. Ves que me gusta tener el control".

Su mano se movió sobre sus labios y luego por su rostro.

"Eres tan hermosa, Julieta, y es una pena que te encuentres en la situación en la que te encuentras".

Hizo una pausa y miró hacia la luz oscilante que colgaba del techo.

"Voy a matarte." Se puso de pie y la miró. "Ya ves, soy tu némesis".

Julieta comenzó a llorar y temblar.

Ella estaba indefensa.

Danny sacó la pistola de la cintura de sus pantalones y la comprobó.

Él le sonrió y luego lo señaló a través de la habitación hacia donde estaba sentada Gabrielle.

"Adiós"

El primer disparo explotó en el estómago de Gabrielle, enviándola, tambaleándose, hacia atrás en la silla.

El segundo la golpeó entre los ojos enviando un rocío de sesos contra la pared.

El tercer disparo apuntó a su corazón mientras su cuerpo caía al suelo.

Julieta comenzó a gritar histéricamente.

Gary entró corriendo en la habitación, abriendo la puerta de par en par con un vendaje manchado de sangre alrededor de su cuello.

Se detuvo y vio el cuerpo destrozado de Gabrielle en el suelo y luego miró a Danny.

"¿Qué diablos estás haciendo?" Danny sonrió e hizo un cuarto disparo esta vez dirigido a Gary, que lo golpeó con fuerza en el pecho y envió su cuerpo a través de la puerta abierta.

Se arrodilló junto a Julieta, poniendo su mano contra su boca.

"Shhhhhh ... Todavía no es tu turno. Te prometo algo mucho más emocionante".

CAPÍTULO 18

Jimmy se sentó en una celda solo.

Todavía se estaba calmando de su ataque maníaco a Bob Andrews para intentar llegar a un acuerdo con su arresto.

La puerta de la celda se abrió y Stevens entró.

Los dos hombres se miraron antes de que Stevens se presentara.

"¿No eres el policía a cargo de estas violaciones en trasporte público?" Preguntó Jimmy.

"Sí. Lamento que te hayan maltratado. Probablemente Andrews merecía una paliza".

"No lo golpeé. Lo amenacé con estrangularle si él no me decía algo que necesitaba saber".

Stevens se echó a reír y le ofreció a Jimmy un cigarrillo.

Este se negó.

"¿Qué era lo que necesitabas saber?"

"No importa".

Stevens se apoyó contra la pared de ladrillo de la celda y se encendió un cigarrillo.

"Creo que sí importa. Tiene algo que ver con una persona desaparecida de la que aún no se informa".

"¿Qué diablos te importa?"

"Me importa mucho. Tu novia está en peligro ahora mientras hablamos".

"Entonces, ¿por qué no haces algo?" Preguntó Jimmy.

"Necesitamos trabajar juntos. Tú y yo"

"Lo que estás diciendo es, ¿no sabes dónde está?"

"Sé exactamente dónde está ella".

"¿Qué? ¡Entonces haz algo!" Jimmy se levantó y miró a Stevens. "¿Qué diablos está pasando aquí?"

"Escúchame..."

"No ... ¡Sal y haz algo ahora! Tú eres policía.

"Necesito que esto sea entre tú y yo, nadie más". Stevens dijo.

"¿Qué quieres decir?"

"Mire, las personas que tienen a su novia en este momento están muy locas. Son capaces de asesinar a sangre fría y, por lo que sabemos, podría ser demasiado tarde. ¿Entonces tenemos un acuerdo aquí?"

Jimmy lo pensó, aunque todavía confundido, entendió algo.

Julieta tenía que ser salvada de lo que fuera y quien la tuviera cautiva.

La ciudad era grande y había muchos lugares en los que Julieta podía ser retenida en cautiverio.

La búsqueda de ella por un hombre solo llevaría una eternidad sino se tropezaba con ella al azar.

Stevens era la clave.

Era un oficial de policía con la venganza en su mente y un plan para salvar su propia reputación, aunque Julieta realmente no significaba nada para él y menos Jimmy Clarkson.

CAPÍTULO 19

El molino abandonado junto a la orilla del río fue uno entre muchos.

Al igual que cientos de edificios en ruinas, estaba esperando su demolición y que llegara su lugar en el planificador de la ciudad para ejercer la regeneración.

Pero, como muchos planes en la ciudad, todavía era un sueño y para los ciudadanos era otra promesa falsa.

Para Danny, era su escondite y refugio de las autoridades.

Un escondite con sus muchas habitaciones y talleres abiertos y ahora su depósito para la muerte.

Para Julieta, era su infierno personal, ya que Danny la llevó a uno de los talleres, amordazada y otra vez atada por sus dolorosas muñecas.

Él tiró de su cabello, ya sin ese brillo usualmente localizado, sino despeinado y enredado.

La obligó a ponerse de rodillas en otro colchón sucio a punta de pistola y le exigió que se quedara quieta.

Sus ojos solo hablaban en silencio, con miedo y temor.

Él se sentó junto a ella sosteniendo la pistola en su frente.

"Sabes, es fácil matarte ahora mismo. Todo lo que tengo que hacer es jalar esta palanca y ... pow ... Se acabó". Retiró el arma y sonrió. "¿Te das cuenta de que eres una de mis cautivas favoritas hasta ahora? Hermosa". Su dedo se deslizó sobre sus pechos colgantes y juveniles, tocando un pezón juguetonamente. "Lástima. Tienes que ser eliminada".

Ella quería hablar y rogarle, pero la mordaza estaba muy apretada y todo lo que podía hacer era lloriquear.

"He tenido muchas mujeres, pero ninguna tan buena como tú". Él movió el cabello de su cara. "Sí hay una cosa que puedo hacer por ti.

Hacer que tu final sea tranquilo y sin dolor. Pero debes hacer algo por mí".

Danny desató la mordaza y la sacó de entre sus labios.

"Haré cualquier cosa." Ella habló en voz baja, mirándolo de nuevo. "Puedes hacerme lo que quieras, pero no me hagas daño. Déjame ir".

Él le devolvió la sonrisa, pero con una media sonrisa malvada, pero ella también podía detectar un grado de compasión humana.

"No puedo dejarte ir. Esto es lo que hago".

"No. No tienes por qué hacer esto".

Él le pasó la pistola sobre sus labios suavemente.

El toque del frío metal la hizo estremecer.

"Me recuerdas a alguien. No, me recuerdas a un ángel con el que soñé una vez. Fue una pesadilla. Todavía estaba en la escuela secundaria. Pero el sueño fue malo porque eras un ángel guardián y el demonio te destruyó".

Julieta notó que él se había referido a ella como el ángel en su pesadilla.

Esto le dio algo en qué trabajar.

"Fallé esa vez. Pero estoy aquí otra vez y esta vez te salvaré".

Danny sonrió.

"Esto no es una pesadilla y ..." miró a su alrededor. "¿Dónde están los demonios?"

"Eso fue un sueño. Esto es real. Los demonios son otra cosa".

"¿Algo más?" Él rió. "¿Qué son?"

Tenía que pensar rápidamente, ahora que se daba cuenta de que él tenía la capacidad de ver que ella estaba tratando de manipularlo, moviendo sus pensamientos a su manera.

"Seguramente tienes enemigos ahí fuera"

Danny miró hacia la ventana y sus vidrios sucios y rotos.

Se estaba haciendo de día y distantes sonidos de las sirenas de la policía se comenzaron a escuchar.

"Sí, tengo enemigos ahí fuera".

"Puedo salvarte de esos enemigos. Tener éxito donde fracasé la última vez. Pero si me eliminas, el enemigo ..."

"¡Cállate!" Danny escupió sus palabras.

Julieta se dio cuenta de que su estratagema no estaba funcionando. ¿O sí?

"No sabes lo que es ser pobre. Déjate acosar por la policía por cosas que nunca hiciste. Solían arrastrarme y golpearme hasta que confesaba delitos que nunca hice". Se puso de pie y la ira dentro de él se derramó. "Le dispararon a sangre fría".

"¿A quién?"

"¡A mi hermano!" Se agarró la cabeza con frustración. "Lo mataron a sangre fría. Sólo intentaba escapar de los ladrones de bancos. Se había escapado y corrió libre, y le dispararon en la calle".

Julieta comenzó a absorber su pena y a entender.

Cuando ella misma estaba en la escuela secundaria, recordó la vez que la policía había matado a un rehén.

Un accidente dijeron.

¿Estaba Danny relacionado con la víctima?

"Lo recuerdo ahora" susurró ella.

Danny se volvió y sostuvo el arma en la parte posterior de su cabeza.

"Estaba allí con mi madre esperando. Lo vimos pasar frente a nuestros ojos. Pudimos ver que Bobby estaba levantando sus brazos hacia ellos y luego escuchamos los disparos y él cayó al suelo. Mi madre estaba histérica y yo no podía moverse ".

"Fue un accidente."

"No. No les importó. Lo dejaron morir en la calle. Un policía incluso disparó el último disparo desde cerca que finalmente lo liberó de su dolor. Ahora ves por qué son el enemigo".

"¿Pero por qué haces estas cosas?" Pregunto Julieta.

Danny tiró de su cabello, levantando su cabeza para enfrentarlo.

El dolor la hizo gritar.

"Estás equivocado." Él miró su cara y vio la tortura que estaba inculcando en ella. "No soy tu enemigo."

"Todo el mundo es mi enemigo".

"Soy tu ángel guardián, recuerda".

"¡Vete a la mierda!"

Soltó su agarre y se arrodilló detrás de ella, pasando el arma por su espina dorsal.

Sus ojos captaron la forma suave de sus nalgas y el olor de su cuerpo, inmundo y sin embargo estimulante para sus sentidos.

Dejó el arma a su lado y abrió sus pantalones, dejando libre su dureza que ahora tocaba su piel.

"Voy a follarte ángel". susurró en voz alta.

Julieta pudo sentir como separaba sus nalgas y pasaba sus dedos por su sexo.

Cerró los ojos con anticipación y luego sintió que su polla se deslizaba entre sus labios secos.

Poco a poco entró en ella y luego comenzó a golpearla con cada sacudida de sus caderas.

Agarró sus manos con fuerza y revivió la violación que ella y Jimmy habían preparado.

En su mente se dijo que era Jimmy.

No habría un orgasmo que llegara a su clímax para ella, pero Danny estaba alcanzando rápidamente el suyo por lo que él gimió y agarró sus caderas hasta que sintió que su fuego disparaba dentro de ella.

Danny se derrumbó a su lado y ella abrió los ojos para mirarlo.

"¿Estás orgulloso de lo que hiciste? ¿Eso te hizo algún bien?" preguntó ella acaloradamente.

Él abrió los ojos y la miró fijamente.

"Es lo que hago."

CAPÍTULO 20

Stevens y los dos oficiales leales que lo acompañaban se abrieron paso a través del ajetreado tráfico de la mañana hacia la antigua zona del muelle.

Esta vez tuvieron compañía, Jimmy Clarkson.

"Recuerda, Clarkson, todo esto es secreto. Ni una palabra a nadie más. ¿Está claro?" Stevens le dijo. "Podemos hacer esto sin problemas y nadie notará nada raro"

Jimmy se detuvo, dándole vueltas a su mente.

Ahora sabía que Stevens tenía algo que ver con todo eso.

Pero a Jimmy solo le preocupaba Julieta.

"¡Bueno, está bien, pero apúrate!"

CAPÍTULO 21

Julieta yacía en el colchón recuperándose de su terrible experiencia.

Esta vez la había esperado y ella ya había aprendido con la otra experiencia.

Ahora ella esperaba para morir.

Danny estaba de pie junto a la ventana mirando hacia el río y el puente colgante que lo atravesaba, conectando una mitad de la ciudad con la otra.

Aquella mañana le habían devuelto los solemnes momentos del día en que murió su hermano.

Recuerdos que habían estado guardados en su mente durante años y que también le habían dejado en él un asomo de arrepentimiento por lo que acababa de hacer.

"¿Cuándo vas a terminar esto para mí?" Pregunto Julieta "¡Estoy esperando a morir!" ella gritó.

Ya estaba más allá de todo pánico y se había resignado a la tortura y la amenaza que la rodeaba.

"¿Alguna vez viste la ciudad por la mañana?" preguntó. "El río. ¿La forma en que el sol naciente brilla sobre el agua? ¿Ese brillo cálido y relajante y el caos que lo rodea?" Se volvió para mirar a su cautiva. "Tú eres parte de todo esto. Belleza entre el caos".

Las puertas dobles del taller se abrieron de golpe y sonó la lluvia de disparos, haciendo eco alrededor del techo de la habitación.

Danny sintió que las balas lo golpeaban, cortando su carne como golpes fuertes y calientes.

Julieta gritó y se acurrucó en el colchón.

Danny respiró bruscamente cuando el dolor comenzó a llegar a sus sentidos y miró a los dos hombres que sostenían sus rifles.

Sonrió mientras se apoyaba contra la pared, deslizándose lentamente hacia el suelo.

Stevens entró por detrás de los hombres y se dirigió hacia él.

"Me tienes." Susurró mirando a la figura alta de Stevens.

Levantó el arma hacia Stevens, quien reaccionó rápidamente apuntando su arma.

"No te preocupes, está vacía". La pistola cayó al suelo y Stevens la recuperó rápidamente.

El cargador estaba vacío.

Jimmy se apresuró y consoló a Julieta.

Stevens retrocedió y observó cómo la vida de Danny se alejaba de su cuerpo.

"¡Vamos y encuentren a los demás!" él ordenó a sus oficiales.

CAPÍTULO 22

Billy Gaylor estaba tumbado junto a su piscina, relajándose en otro día soleado cuando sonó su teléfono celular.

"Hola ... Bob, ¿qué pasa?"

Bob estaba en estado de pánico explicando lo que había sucedido la noche anterior en su oficina.

"Mira, puedo lidiar con eso. Solo tómatelo con calma, ya te llamaré, ¿vale?"

Billy apagó su teléfono y se volvió hacia el guardaespaldas que estaba a su lado.

"Parece que tenemos otro cuerpo con el que hacernos cargo. No será un problema. ¿verdad?".

Marcó el número del teléfono celular de Danny y esperó a que respondiera.

"¿Danny? ¿Estás ahí?"

"Adivina quién soy, Billy" Stevens respondió. "Me temo que Danny no está disponible en este momento. De hecho, creo que nunca más lo estará. Tú y yo tenemos que hablar en serio".

"¿Qué demonios has hecho, Stevens?"

"Lo que dije que haría. Reúnete conmigo en el lugar habitual. Y ve solo esta vez".

CAPÍTULO 23

Jimmy acompañó a Julieta a su departamento.

Podía oír la ducha correr y su llanto mientras se lavaba con el suave rocío de agua tibia.

Abrió la puerta del baño y la vio arrodillada dentro de la unidad de vidrio esmerilado, dándose cuenta de que todo esto no había servido para nada y que no traería verdadera justicia.

Los violadores en transporte público ya se habían acabado.

Julieta había logrado la mitad de sus objetivos, pero los manipuladores saldrían libres.

Él regreso a la sala y miró a la mesa de café y de la que tomó tres fotografías en las que aparecía él mismo mientras estaba en las calles durante la semana pasada.

Había una carta adjunta a una de ellas que simplemente ponía:

"Tu amante. Estas fotos te las tenían los violadores del transporte público. Pensé que podrías hacer buen uso de ellas y avisarle por si es necesario".

Julieta entró en el salón envuelta en su bata de baño.

Ella pasó sus brazos alrededor de Jimmy por detrás de él y lo abrazó con fuerza.

"Estas fotografías?" preguntó. "¿Quién te las envió?"

Ella las miró y sacudió la cabeza.

"No tengo idea. Llegaron a mi puerta el otro día. Obviamente alguien pensó en mí, que era parte de la pandilla".

"Un arrepentido."

"Quizás. ¿Quién sabe?" Ella tomó las fotografías de su mano y las arrojó sobre la mesa. "Da igual ahora. Los violadores se han ido".

"No ha terminado. Tu jefe y los demás siguen libres". él dijo.

"Creo que ya hemos hecho suficiente. Dejémoslo así. No quiero más problemas".

CAPÍTULO 24

Billy condujo solo hacia el terreno baldío en su auto deportivo.

Stevens y sus dos escoltas habían estado esperando durante algún tiempo antes de que Billy se detuviera a su lado.

Billy estaba enloquecido de ira cuando salió de su auto.

"¡Sal de ahí, da la cara!" le gritó a Stevens.

Stevens salió y se encaró sobre Billy, que lo miró.

"Está bien, estoy fuera. ¿Y ahora qué?"

"Puedo dejarlos en la mierda en cualquier momento que quiera. Lo dejaron todo bien jodido".

"No. Nos deshicimos de un problema que ayudaste a comenzar". Stevens respondió. "Y ya no hay problema. El metro y los autobuses están seguros una vez más".

"¿Qué pasa con la puta mexicana y su amante?"

"¿Qué pasa con ellos, Billy? ¿Andrews y tú quieren hacer algo al respecto? ¿Se quieren meter en una mierda más profunda? ¿Y no se preocupan por que se divulgue lo que pretenden hacer?"

"Los cuerpos. ¿Qué pasa con Danny y su gente?"

"Desaparecieron. Nadie los echará de menos, porque no tienen a nadie que les importe". Stevens respondió con una sonrisa orgullosa. "Así que todo depende de ti y de Andrews. Y no tienes pruebas de que estuviéramos involucrados ahora que Danny está fuera de escena".

"Pero la chica y el chico lo saben todo".

"¿Ellos? Acabo de hablar con ellos. Los dos no tienen futuro aquí. Ellos sueñan como todos los demás. Podrías ayudarlos a ambos financieramente. Haz que sus sueños se hagan realidad". Stevens metió una hoja de papel en el bolsillo de la camisa de Billy. "Llame a eso una factura por los servicios prestados. Lo mejor es pagarla en su totalidad si usted y Andrews quieren mantenerse limpios en el futuro. Usted y yo sabemos cuánto cuesta el silencio en estos días. No es barato".

Stevens regresó a su auto y sonrió a Billy mientras se alejaban.

Billy sacó el papel y lo leyó.

Una demanda de dinero por el silencio de la periodista y su amante, y que Stevens ahora supervisaría que cumplía.

FIN

KATIA: UN THRILLER ERÓTICO BDSM

CAPÍTULO I

El largo y magníficamente formado muslo de Katia brillaba en toda su longitud como oro líquido por el cálido sol que entraba por la ventana sobre la oficina decorada con tan buen gusto.

Su falda corta gris hacía poco para ocultar sus piernas recubiertas con unas medias de marca y firmes.

Incluso la secretaria que observaba a Katia a través de los vidrios y desde detrás de la seguridad de su mesa de acero se sentía obligada a admirar la perfección de la figura de la visitante.

A pesar del flujo constante de hombres y mujeres bien vestidos y atractivos que pasaban por las puertas de la 'Agencia de Colocación Ejecutiva del Trabajo de sus Sueños', Katia era claramente excepcional.

Su belleza excepcional era una de las razones por las que estaba esperando fuera de la oficina de Anthony Robson, el Director Gerente y propietario de la Agencia.

Mirando alrededor de la oficina, decorada de forma tan costosa, Katia se encontró a sí misma sonriendo.

Se preguntaba qué habrían dicho los otros inquilinos de este edificio tan exclusivo si se hubieran dado cuenta de que el verdadero negocio de su vecino era el de proveer prostitutas a los ricos y famosos.

Katia nació y se crio en Europa del Este en una buena familia.

Acababa de graduarse de la universidad con un título en economía cuando una combinación de política volátil y la mafia rusa había arruinado a sus padres, quienes fueron encontrados muertos en su habitación, el resultado aparente de un pacto de suicidio.

Katia había tenido sus dudas sobre la causa real de sus muertes, pero fue lo suficientemente astuta como para mantenerse en silencio.

Al abandonar la universidad, se había encontrado en el mercado laboral en un país inundado de trabajadores dispuestos y muy pocos empleos.

Pronto se dio cuenta de que, para tener algún tipo de futuro, tendría que abrirse camino hacia el oeste.

Durante los siguientes meses, Katia se ganó la vida como modelo para los muchos fotógrafos extranjeros que se encontraban en abundancia en toda Europa del Este y Rusia.

A pesar de las numerosas ofertas, se negó a actuar en películas o fotos pornográficas para cualquiera de las revistas y sitios web más importantes.

En cada sesión de modelaje, hizo todo lo posible por hacer amigos y aprovechó la oportunidad para hacer preguntas cuidadosas y oportunas.

Finalmente, decidió poner su mira en Gran Bretaña y, con la ayuda de uno de sus nuevos amigos, encontró la "conexión" correcta.

Usando una cuidadosa selección de fotografías recogidas de su trabajo de modelo, reunió un currículum y lo envió por correo electrónico a su nuevo empleador potencial.

Una semana después, recibió una llamada telefónica de Anthony Robson y una invitación para asistir a una entrevista con uno de sus "cazadores de talentos".

Se reunieron en un restaurante discreto y hablaron durante más de una hora.

Le hizo preguntas a Katia sobre su pasado, sus ambiciones y asuntos en general.

Él también le preguntó sobre sus hábitos y gustos sexuales, algunos de ellos al borde de lo obsceno.

Katia pronto se dio cuenta de que estaba siendo examinada y se cuidó de responderle con franqueza y no se dejó seducir por su manera burda.

Finalmente, el reclutador le presentó una oferta.

A cambio de un contrato de servicio de tres años, la Agencia le garantizaría un ingreso mensual mínimo generoso y se haría cargo de su transporte a Gran Bretaña, incluida toda la documentación de inmigración necesaria.

Lo mejor de todo es que, una vez cumplidos los tres años, garantizaban obtener la ciudadanía para ella en Gran Bretaña o en los Estados Unidos.

Katia sabía que muchas de esas promesas a menudo carecían de sentido o eran falsas.

Sin embargo, todos sus contactos habían hablado muy bien de Robson y su organización.

Tenía reputación de cumplir su palabra.

Y como ella tenía poco que perder, Katia firmó el contrato sin más discusión.

Ella era ahora una escort de clase alta.

CAPÍTULO II

Durante su primera semana en Londres, Katia asistió a un curso de comportamiento y saber estar impartido por varios de los empleados principales de Robson.

La familiarizaron con las últimas modas, los chismes calientes que rodeaban a la sociedad, así como los nombres y antecedentes de los ricos y famosos.

Como parte de este curso, se le exigió que mantuviera relaciones sexuales con un hombre y una mujer que, entre ellos, la sometieron a todas las actividades sexuales posibles.

Impulsada por la determinación de nunca volver a la pobreza de su antigua casa, Katia se 'graduó' con gran éxito.

Katia pronto se instaló en su nueva vida de alta sociedad, y en su mayor parte, le pareció agradable, incluso si los hombres a los que entretenía a veces eran desconsiderados y exigentes.

Ella había estado trabajando durante tres meses y acababa de mudarse a un nuevo apartamento cuando recibió una llamada de la secretaria de Robson.

Ella iba a asistir a una reunión con el señor Robson a la mañana siguiente.

Sorprendida por este evento sin precedentes, Katia pasó la noche tratando de recordar cualquier ofensa, real o imaginada que pudiera haberla metido en problemas.

El pensamiento de que ella podría ser despedida y expulsada de su nueva vida la aterrorizaba.

CAPÍTULO III

Katia había estado sentada fuera de la oficina de Robson durante casi media hora cuando otra mujer entró y se sentó a su lado.

Katia nunca se había encontrado con esta mujer antes, pero se ajustaba al perfil general de las escorts de la Agencia.

Ella tenía el pelo negro y era más baja que Katia.

Estaba vestida con un ajustado y tenso traje de cuero negro que mostraba claramente que su cuerpo era hermoso, cultivado y estaba bien tonificado.

El cálido olor a almizcle del cuero combinado con el perfume y el aroma natural de la mujer invadió a Katia, que se volvió para sonreírle y saludarle con la cabeza.

La llegada de la mujer pareció actuar como una señal y momentos después, la secretaria levantó la vista de su papeleo y les indicó a ambas que entraran en el santuario de Robson.

Katia llamó a la puerta y la abrió.

Cuando las dos entraron, vieron a su empleador, Anthony Robson, de pie frente a un sofá, sonriendo con generosidad.

Una mesa baja estaba puesta con té y galletas.

Katia sintió que se relajaba un poco, ya que el escenario no parecía conducir a una reprimenda o un despido.

"Señoras, bienvenidas", dijo Robson, extendiendo los brazos como para abrazarlas.

"Siéntense, por favor", dijo, indicando los sillones que estaba a cada lado del suyo. '¿Té?'

Ambas mujeres asintieron con la cabeza.

Katia podía ver su propia confusión reflejada en la cara de la otra mujer.

Ella nunca había escuchado que una empleada fuera honrada de esta manera.

Su atención volvió a Robson al escucharlo aclararse la garganta en preparación para dirigirse a ellas.

'Estoy muy contento de conocerlas a ustedes dos hoy. No es frecuente que pueda hablar con las tropas, por así decirlo', dijo Robson, que sonaba como la caricatura del típico jefe de la vieja escuela.

Sin embargo, sus ojos traicionaban al intelectual agudo y calculador que lo había llevado a la cima de su industria un tanto sombría.

'Supongo que debería comenzar presentándonos la una a la otra. Katia, esta es Samantha, Samantha, Katia'.

Las dos mujeres asintieron educadamente entre sí, y al mismo tiempo aprovecharon la oportunidad para hacer una evaluación más completa de los activos y la apariencia de la otra.

Katia vio que sus impresiones iniciales de Samantha eran correctas y, al examinarla más detenidamente, se veía aún más ágil y con cuerpo de pantera que antes.

Sus grandes ojos marrones oscuros parecían abrumar su afilada y angulosa cara, haciéndola parecer una modelo depredadora.

Robson dejó su té y continuó:

'La agencia ha sido contactada por un cliente muy prominente, que ha hecho una solicitud bastante inusual. Debido a la importancia y los beneficios potenciales que se pueden obtener si somos capaces de satisfacer a este cliente, he elegido a dos de nuestras mejores chicas para este trabajo '. Él asintió, mirando a cada mujer a su vez. 'Samantha, si acepta el trabajo y se desempeña a satisfacción del cliente, se le pagará diez veces su tarifa habitual. Katia, tu recompensa, sospecho, que será aún más grande. Si les va bien en este trabajo, la Agencia renunciará al resto de los términos de su contrato, así como se encargará de organizar sus documentos de ciudadanía.

Katia sintió que su corazón saltaba al escuchar las palabras de Robson.

No solo se le ofrecía su libertad, sino también la oportunidad de escapar permanentemente del temor de tener que volver a la desesperación de su vida anterior.

Sin embargo, la súave sonrisa de su empleador hizo que sus pensamientos volvieran a la realidad.

Robson no había dicho aun lo que se les exigía a ellas a cambio.

'No voy a hacer nada criminal. Tampoco que haya niños ni venta de drogas "dijo Katia. "Si hubiera querido ese tipo de vida, me habría quedado en casa".

Por el rabillo del ojo, vio que Samantha la miraba con las cejas levantadas.

Robson parecía herido, aparentemente angustiado de que Katia sospechara sus motivos.

'No, no es nada de eso', dijo, sacudiendo su cabeza cuidadosamente arreglada. 'Voy a explicárselos. Nuestra cliente es Virginia Williamson, ex esposa de Joseph Williamson.

Los ojos de Katia se abrieron sorprendidos.

Joseph Williamson había sido el fundador y director ejecutivo de uno de los contratistas de defensa más grandes de Europa.

Su espectacular y repentina desaparición durante una demostración de un nuevo sistema antimisiles, que iba a hacer supermillonario a Williamson e iba a revolucionar los sistemas defensivos del mundo entero, había llenado los titulares de los periódicos durante días.

'Señoras. Williamson vino a escuchar de nosotros por medio de un amigo y ella expresó interés en nuestros servicios '. La actitud de Robson cambió cuando comenzó a hablar de negocios, y se parecía más al chulo de clase alta que realmente era. 'Ella ha solicitado que le suministremos dos mujeres para una sesión de BDSM. Sin embargo, ella no quiere a sumisas experimentadas sino a mujeres "normales".

Samantha asintió lentamente en comprensión.

Cuando Robson la miró, se encogió de hombros y dijo:

'¿Por qué no?'.

Katia vaciló.

La idea del dolor no la asustaba, pero a ella le preocupaba no poder satisfacer a este cliente y, por lo tanto, correr el riesgo de incurrir en la ira de Robson.

'¿Por qué usted me eligió a mí?' ella le preguntó.

"En realidad, la Sra. Williamson fue la que eligió de nuestro catálogo de videos" respondió Robson mientras sus ojos se estrechaban ante la falta de entusiasmo de Katia.

Katia se dio cuenta de repente de que ella había sido la elección principal de la señora Williamson.

Ella asintió y sonrió a su jefe.

"Me preocupaba no poder satisfacerle sus gustos", explicó, "pero si ella me ha elegido, estoy encantada de ir".

"Bien", dijo Robson, sonriendo de nuevo y frotándose las manos como un comerciante que acababa de cerrar un trato en una venta difícil. "Y recuerden, ella está pagando un precio superior, por cualquier otra cosa que pase y que no sea una lesión grave en la sesión", dijo, levantando una ceja en énfasis.

Ambas mujeres asintieron.

Katia no pudo pensar en ninguna respuesta que no pareciera asustada o jactanciosa, así que solo hizo un sonido de acuerdo.

'Las dos estarán listas para ir a su casa a las dos de la tarde de mañana.' dijo Robson.

Katia se dio cuenta de que esa era la despedida y se levantó para irse.

Robson la saludó vagamente con la mano en señal de despedida.

Cuando se dio cuenta de que Samantha no había hecho un movimiento para irse, vaciló.

"Adelante Katia. Tengo algo más que discutir con Samantha ', dijo Robson, invitándola a salir de la oficina.

***

Katia salió del edificio.

Su mente se llenó de pensamientos y emociones conflictivas.

Ella no sentía ninguna gratitud hacia Robson ya que fue la cliente quien la eligió y probablemente le estaba pagando una tarifa increíble.

Ella había estado trabajando lo suficiente como para saber que las mujeres realmente atractivas y con clase que estaban dispuestas a aceptar un castigo serio eran extremadamente raras, por lo que la oferta de Robson era justa.

También sintió cierta aprensión, ya que nunca antes había sido golpeada o torturada.

Mientras se sentaba en la parte trasera del taxi de camino a casa, se pellizcó el muslo con cautela y trató de imaginarse a sí misma sonriendo y coqueteando con la Sra. Williamson mientras todo su cuerpo estaba lleno de dolor.

* * *

Sentada en el borde de su cama, Katia se miró en el espejo y asintió.

El premio valía la pena y estaba decidida a complacer a esta inusual cliente sin importar lo que costara.

Habiéndose decidido, Katia durmió profundamente esa noche, sin ser molestada por nuevas dudas.

CAPÍTULO IV

Katia se pasó la mañana siguiente en la peluquería trabajando en su cuerpo, afeitándose y recortándose el vello púbico y frotándose la loción en la piel hasta que esta brilló.

Después de un almuerzo ligero de ensalada y una copa de vino blanco, fue recogida por una limusina alquilada.

Samantha ya estaba en el auto y estaba igualmente en un estado de limpieza impecable.

Llevaba una falda de lana negra que caía justo debajo de sus rodillas pero que tenía una abertura en el costado casi hasta la cadera, un suéter marrón oscuro con cuello de tortuga y botas a juego y una gran chaqueta de cuero de color crema de gran tamaño.

Katia se alegró de haber elegido llevar una chaqueta de color gris paloma y una falda con una blusa de seda color crema.

Sus apariencias contrastantes solo resaltarían las diferencias entre las dos mujeres, dándole al cliente un poco de variedad y elección.

Katia se sorprendió al ver un teléfono inteligente sujeto a la cintura de Samantha.

Era una regla que en el tiempo que se estuviera en la Agencia nadie llevaba un teléfono.

El Organismo no proporcionaba escorts para los "rápidos" en las habitaciones de hotel y la prohibición de los teléfonos inteligentes solo servía para enfatizar el hecho de que las chicas nunca debían apresurar a un cliente o ignorar al cliente mientras conversaban por teléfono.

Samantha notó la sorpresa de Katia y sonrió.

'Órdenes del jefe. Él quiere asegurarse de que todo esté a satisfacción de la señora Williamson ', dijo, tocando el teléfono con una uña bien cuidada. 'No te preocupes. Lo apagaré cuando lleguemos allí '.

El coche se detuvo frente a la puerta principal.

El personal de seguridad debe haber recibido el número del auto y las fotografías de los ocupantes esperados porque la puerta se abrió antes de que el conductor tuviera la oportunidad de alcanzar el intercomunicador.

Cuando se detuvieron en la casa, tanto Katia como Samantha esperaron a que el conductor abriera sus puertas antes de salir del vehículo con elegancia.

La puerta principal estaba abierta y un mayordomo de traje oscuro esperaba tras ella.

'La señora Williamson les está esperando en la sala ', dijo mientras se acercaban. 'Caminen por aquí por favor'.

El mayordomo no dio ninguna indicación visible de que estaba al tanto de su ocupación o del propósito de su visita.

Katia estaba segura de que conocía todos los detalles y hubiera preferido que hubieran entrado por la entrada de servicio.

El mayordomo golpeó suavemente la puerta de la sala y anunció:

"Sus visitantes están aquí, señora".

Se hizo a un lado e hizo pasar a las dos mujeres a la habitación.

'Cierre la puerta, Phillip. No debe interrumpirnos por ningún motivo, a menos que le llame ", dijo Virginia Williamson, levantándose de su silla.

Esperó a que se cerrara la puerta y s que el mayordomo se alejara antes de volver a hablar.

Sonriendo, ella dijo:

'Bienvenidas. Estaba deseando verlas'.

'Tú debes ser Katia, y tú, Samantha', continuó, asintiendo con la cabeza a cada una de ellas.

Katia y Samantha sonrieron y le devolvieron el saludo.

La Sra. Williamson no hizo ningún movimiento para estrechar la mano, por lo que ambas esperaron a que su cliente le indicara cómo deseaba proceder.

'Siéntense y vamos a charlar un momento' dijo su anfitriona. 'Oh, y por favor, me pueden llamar Virginia'.

Esperó hasta que las dos chicas se sentaran antes de continuar.

'Déjenme darles un poco de información para que entiendan lo que quiero de ustedes'.

Se detuvo por un momento para poner en orden sus pensamientos.

'Me casé con mi marido por su dinero, y él lo sabía. No había ilusiones en ninguno de los dos lados, pero, por favor, no piensen que todo fue sombrío y mercenario. Nos llevamos muy bien y formamos un buen equipo '.

Virginia sonrió.

'Deben estar preguntándote porqué les estoy contando toda esta historia tan prosaica. Bueno, soy una mujer guapa y lo suficientemente inteligente como para convertirlo en un compañero adecuado. Sin embargo, él me eligió en particular por otra razón. Verán, en el dormitorio, era un sádico. Disfrutaba lastimando físicamente a sus amantes '.

Al escuchar esta revelación, Katia y Samantha se miraron rápidamente.

Al ver esto, Virginia se rió, y su suave y melodiosa voz sorprendió a las chicas.

'No queridas, yo no me convertí en una pobre doncella victimizada. Poco después de habernos conocido, me contó todo sobre sus gustos en "entretenimiento". Fui yo la que se ofreció como voluntaria a cambio de una vida muy cómoda. A diferencia de una esposa maltratada, yo siempre era genuinamente alegre y cariñosa en público, y siempre estaba disponible para la diversión y los juegos de él cuando estaba de humor. Cuando descubrimos que tenía un tumor inoperable en su cerebro, estaba realmente conmocionada y triste. Al final, dijo que yo era la única persona en el mundo con la que había convivido que no había intentado cambiarlo por esa razón y, para mi sorpresa, me dejó todo lo que tenía en su testamento ". Ella se mordió el labio, perdida, de nuevo, en sus pensamientos.

De repente, Virginia se animó.

"De hecho", dijo, "todos los aspectos técnicos legales se resolvieron ayer mismo y, en poco tiempo, los fideicomisarios de su patrimonio establecerán un enlace especial para mí en la intranet de la Compañía. Una vez que ingrese con mi nuevo usuario en el terminal móvil en esta mesa, el control de todas las cuentas bancarias de mi esposo, los derechos de patente y las acciones pasarán a mi favor '.

Ella se rió de nuevo.

'Mi esposo amaba tanto sus juguetes. Toda la casa está configurada con una red inalámbrica de infrarrojos. Solía llevarse esta terminal a todas partes, incluso al inodoro '.

Virginia Williamson se puso de pie y se giró.

La suave tela blanca y translúcida de su vestido se desplazó como una nube atrapada en una ráfaga de viento y las dos chicas vieron que tenía un cuerpo fino y bien tonificado.

'Podría decirse que ustedes dos son un pequeño regalo para mí para celebrar la ocasión. En realidad, un buen amigo mío me dio la idea. Cuando dije que no le había deseado a mi difunto marido ninguna mala voluntad por tratarme como me trataba, lo decía en serio. Sin embargo, me parece que, en el fondo, en un pequeño rincón de mi mente, siempre sentí que otras mujeres se estaban riendo de mí y eso me molestó ". Miró a los ojos de cada una de las chicas. "Me digo a mí misma que millones de mujeres habrían hecho lo mismo si hubieran tenido mi oportunidad, pero necesito verlo por mí misma". Y señalando a Samantha, ella le preguntó tuteándola por vez primera: "¿Entiendes lo que quiero?"

Samantha sonrió y se encogió de hombros.

'Estoy aquí para que disfrute de un buen momento. Si quiere enrojecerme el trasero o abofetearme, soy toda suya ', dijo ella, dándose unas palmaditas en las nalgas con la mano.

Virginia levantó una elegante ceja y luego se volvió hacia Katia.

'¿Y tú?'

Katia consideró la actitud de Samantha y pensó en lo que la mujer había dicho.

También recordó que Virginia no había querido sumisas con experiencia.

Dio un paso adelante y tomó la mano de Virginia con las suyas.

Llevándola a los labios, besó las puntas de los dedos de la mujer y luego presionó la mano a un lado de su cara.

Lentamente, pasó la mano por el ángulo de su mandíbula y por la curva elegante de su cuello hasta que se apoyó en la curva superior de unos de sus pechos.

'No sé cómo juegan los sádicos, pero sí conozco mi propio cuerpo. Sé lo que se siente bien y lo que duele. Por lo general, la gente quiere que les diga qué se siente bien y dónde me gusta que toquen mi cuerpo. Pero te mostraré todos los lugares suaves, tiernos y sensibles que me harán gemir y llorar y gritar. Me extenderé y me abriré para que pueda alcanzar todos los puntos secretos y lugares húmedos y delicados con sus dedos, manos, dientes y látigos. Te besaré y te lameré mientras me lastimas. Tengo un cuerpo hermoso y sexy y es todo tuyo para jugar con él como dispongas'

Virginia miró profundamente a los ojos de Katia y vio fuerza, determinación y humor.

Ella apretó suavemente el firme globo carnoso bajo su palma y asintió.

Ella bajó la mano y se deslizó de nuevo en su asiento.

'Dejadme veros desnudas. Vosotras dos. Quítense toda la ropa, luego vengan y párense frente a mí '.

Tanto Katia como Samantha se sintieron aliviadas al escuchar esta familiar solicitud.

Desnudarse con gracia frente a un extraño era una de las primeras cosas que cualquier escort aprendía a hacer.

Samantha se sacó el teléfono inteligente de la cintura y se lo tendió a Katia mientras presionaba el botón de off, apagando el brillante LED en la cara delantera del dispositivo.

Ella guiñó un ojo, enfatizando su cumplimiento con las reglas de la Agencia y luego colocó el teléfono en la mesa junto a la terminal de computadora.

Samantha se quitó la ropa y la tiró a un lado como si estuviera contenta de deshacerse de ella, dejando al descubierto su cuerpo bronceado y tonificado casi alegremente.

Con un paso seguro y confiado, se alejó de sus prendas, deteniéndose a un brazo de distancia de Virginia.

Se pasó sus manos ligeramente por la parte delantera de su cuerpo desde la parte superior de sus senos, sobre sus pezones puntiagudos y sobre el plano ondulado de su vientre plano antes de colocarlos con arrogancia en sus caderas.

Katia era menos exhibicionista.

De hecho, siempre se sorprendía a sí misma sintiéndose un poco avergonzada cuando se quitaba la ropa delante de un cliente.

Dobló cuidadosamente cada prenda y las puso a un lado en una silla, descubriendo su cuerpo de manera eficiente, pero sin el espectáculo de su colega.

Manteniéndose puestos sus zapatos de tacón alto, se unió a Samantha frente a Virginia.

Virginia se inclinó hacia delante en su asiento y extendió las manos para tocar los firmes y suaves muslos de las dos chicas.

La sensación de sus cálidas carnes bajo sus dedos pareció llevarla a la realidad de la situación y sus ojos se iluminaron de emoción.

Su lengua cruzó sus labios mientras permitía que todas sus fantasías vengativas e imágenes de humillaciones pasadas, reales o imaginadas a manos de mujeres de la sociedad desdeñosa, llenaran su mente.

Deslizó sus dedos por la piel sedosa de sus muslos internos, deteniéndose justo antes de tocar sus montículos.

"Vamos a jugar un pequeño juego", dijo Virginia.

Alcanzando debajo de la mesa de café al lado de su silla, algo parecido a una fusta de aspecto perverso hecha de cuero negro brillante.

'Quiero que ambas jueguen un poco con ustedes mismas. Quédense justo donde están ahora y separen un poco las piernas '.

Esperó a que las dos chicas obedecieran, arrastrando los pies hasta que quedaron como soldados en posición de descanso en un desfile.

'Ahora usen los dedos de una mano para separar los labios y mostrarme sus clítoris' ordenó Virginia.

Juntas, Samantha y Katia se estiraron y extendieron sus labios externos con sus dedos índice y medio, haciendo que sus labios internos de color rosa pálido se vieran como un par de mariposas carnosas.

Al tirar ligeramente hacia arriba, lograron sacar la capucha protectora de la piel hacia atrás y alejarla de sus clítoris.

'Eso está bien' dijo Virginia. 'Ahora quiero que ambas jueguen con sus clítoris. No se toquen en ningún otro lugar. Sólo sus clítoris '.

Katia se llevó la mano a la boca para lubricar la punta de su dedo.

Virginia negó con la cabeza y dijo:

'No. No haga eso No use ninguna lubricación '. Ella agitó la fusta frente a sus caderas. 'Esto es un concurso. La ganadora obtiene su premio en el culo con esta fusta', dijo, sonriendo con maldad 'y la perdedora será golpeada en su coño ".

Las dos chicas comenzaron a acariciar sus clítoris con cautela, haciendo una mueca cuando sus dedos secos rasparon la piel seca y dolorosamente sensible.

'Por cierto', dijo Virginia. 'No he decidido si la que se corra primero o la que llegue segunda será la ganadora. Quizás lance una moneda. Pero déjenme advertirles, castigaré a cualquiera que intente fingir un orgasmo o que realmente no intente correrse ".

Samantha gimió de consternación y cerró los ojos en concentración, frotándose el dedo en pequeños círculos alrededor de su clítoris rígido.

Katia usó una técnica diferente, manteniendo la punta de su dedo en un punto justo encima de su clítoris y vibrando su dedo en pequeños movimientos de lado a lado.

A ambas chicas les resultaba muy difícil estimularse lo suficiente para alcanzar un clímax sin poder tocar el resto de sus cuerpos.

Además, la presión de estar en una competencia lo hacía aún más difícil.

Y a pesar de la advertencia de Virginia, ambas chicas no tuvieron más remedio que intentar alcanzar el clímax primero con la esperanza de evitar el castigo más severo.

Los músculos de las piernas y las nalgas de Katia temblaron con la tensión de estar de pie con los pies bien separados mientras se lanzaba hacia un orgasmo.

Ansiaba poder acariciarse sus senos y pezones, encontrando que la necesidad de concentrarse solo en su clítoris en realidad estaba haciendo más difícil que ella se corriera.

La fricción constante de su dedo seco comenzaba a hacer que le doliera el clítoris y Katia sabía que estaba en una carrera no solo con Samantha sino con su propio cuerpo.

Tenía que llegar a un clímax antes de que su toque se volviera demasiado irritante para que pudiera llegar al orgasmo.

Concentró su atención en el pequeño brote que se extendía entre sus dedos, dejando que sus sentimientos, de vergüenza y emoción por mostrarse a Virginia de esta manera obscena, aumentaran su estimulación.

De hecho, sintió que su clítoris hormigueaba cuando la mirada de Virginia recorrió su entrepierna.

Cada movimiento de su dedo envió una vibrante vibración a través de su cuerpo, irradiando hacia afuera desde su clítoris superestimulado.

Recorrió las oleadas de sensaciones y absorbió el doloroso dolor de su clítoris, combinando placer y dolor.

Virginia cambió su atención a Samantha, que estaba haciendo girar su clítoris agresivamente, ignorando la incomodidad y frotándose cada vez más fuerte.

Apoyándose sobre las caderas, empujando contra su mano y jadeando.

Sus ojos se cerraron con fuerza y su piel comenzó a brillar con el esfuerzo mientras se dirigía hacia el orgasmo.

La mujer observó fascinada a las dos chicas masturbándose tensas y gimiendo mientras se acercaban a su clímax casi al mismo tiempo.

Vio que los ojos de Samantha miraban a Katia, y luego sus dientes se mostraban en una sonrisa de triunfo cuando los músculos de su vientre se agitaron y se apretaron en los pequeños movimientos de convulsión que indicaban su orgasmo.

Las caderas de Samantha se movieron y se aplastaron como si estuviera empujando contra un amante invisible y sus muslos se cerraron, atrapando su mano entre ellos.

Solo unos segundos más tarde, Katia gritó sin decir nada mientras su dedo vibrador finalmente la llevaba al orgasmo.

Se tambaleó cuando la intensa sensación hizo que sus rodillas se debilitaran, pero mantuvo su postura generalizada y continuó trabajando su clítoris, haciendo que su clímax se convirtiera en una serie de miniorgasmos.

Virginia realmente podía ver el clítoris de Katia palpitando y moviéndose mientras se venía y venía.

La abertura de la vagina de Katia brillaba con líquidos lácteos que amenazaban con salir de su agujero y gotear sobre la alfombra.

Consciente de que en realidad estaba actuando para el entretenimiento de su cliente, Katia mantuvo su posición y extendió su coño con cuidado para que Virginia pudiera ver los pétalos rígidos de sus labios internos y el profundo color rojo de su carne estimulada.

Ella mentalmente se encogió ante la idea de ser azotada en su coño.

Virginia dio una palmada.

'Señoras, ¡bravo! Esa fue una excelente actuación de ustedes dos. ' Luego sacó una moneda, que lanzó al aire. 'Y la ganadora es: ¡La que llegó la última! ' Dijo esto llorando dramáticamente.

Samantha gruñó de disgusto, mientras que Katia dio un pequeño suspiro de alivio.

Agitando su fusta, Virginia dijo:

'Muy bien, repartamos los premios. Katia, tú primero. Mantenga sus piernas como están y agáchese para recibir sus seis premios'.

Katia obedientemente se inclinó y se puso las manos en las rodillas, observando la fusta de aspecto desagradable con temor.

La fusta y su portadora se movieron fuera de la vista detrás de ella y ella apretó los dientes con anticipación.

A pesar de su atemorizada concentración, el balanceo de la fusta a través del aire apenas tuvo tiempo de registrarse en su mente antes de que sintiera el látigo golpear directamente sus nalgas.

El dolor ardiente y punzante llenó ambas mejillas de sus nalgas, tensamente estiradas, mientras se mecía hacia adelante por el impacto.

"Cuéntelos, por favor", dijo Virginia, observando el rápido aumento de la coloración que pulcramente cortaba la piel hacia arriba de Katia.

'¡Uno!' jadeó Katia.

SSSSS ... ¡crack!

'¡Ay! Dos'

El tercer golpe atrapó a Katia justo en el cruce donde sus muslos se encontraban con sus nalgas, y la punta de la fusta dibujó una pequeña gota de sangre, pintando un moretón rojo oscuro.

Katia gritó de dolor, sus dedos apretándose sobre sus rodillas mientras luchaba con su instintivo deseo de saltar y frotar su carne herida.

'Tres'.

Los latigazos cuarto y quinto siguieron en rápida sucesión, trazando dos líneas rectas de color carmesí más en el trasero de Katia.

Virginia apuntó con cuidado y lanzó la fusta con fuerza para el sexto y último golpe.

Esta vez, la fusta golpeó directamente una nalga, pero la punta se hundió profundamente en la grieta entre ellas, mordiendo salvajemente el agujero de Katia.

El dolor y la conmoción fueron demasiado grandes para Katia, que se levantó de un salto y extendió ambas manos para proteger su carne herida.

Sin embargo, ella todavía conservó la suficiente presencia mental para gritar '¡Seis!' y así acabar su calvario.

Virginia pasó la mano por la ardiente piel roja de Katia, disfrutando del calor y la sensación de las rígidas crestas de bordes carmesí que ella había hecho que aparecieran allí.

Katia presionó su cuerpo contra su torturadora, sus pechos aplastándose contra el hombro de Virginia.

'¿Te dolió mucho?' preguntó Virginia suavemente.

Katia negó con la cabeza, acariciando el brazo de la mujer.

"No importa", respondió ella, "siempre y cuando sea feliz".

Volviendo la cabeza para mirar la cara de Virginia, le dirigió una sonrisa triste.

"Puede pegarme un poco más si quiere" ofreció ella.

Virginia la besó en la mejilla y le devolvió la sonrisa.

'Es suficiente por ahora. Samantha está esperando para jugar conmigo '.

Ella le dio un abrazo a Katia.

La sensación y el olor del hermoso cuerpo de la rubia en sus brazos llenaban sus sentidos y Virginia pudo sentir en la entrepierna que sus bragas se ponían pegajosas.

CAPÍTULO V

De pie, con los brazos cruzados sobre los pechos, Samantha había visto los azotes de Katia con una pequeña sonrisa en su rostro, pero esta desapareció rápidamente cuando las otras dos mujeres miraron hacia ella.

Señaló con la nariz hacia la fusta en la mano de Virginia y dijo:

'Ahora le toca a mi turno, supongo. Entonces, ¿cómo quiere que me ponga? Subiendo mi trasero como Katia no funcionará si vas a golpear mi coño '.

"¿Por qué no sugieres algo?", respondió Virginia, haciendo chocar la fusta en la palma de su mano.

Samantha miró alrededor de la habitación buscando inspiración.

Al darse cuenta de que cualquier posición que requería que ella mostrara equilibrio y concentración, mientras se le azotaban los genitales, era imposible de mantener, ella hizo su elección.

'¿Qué tal si me acuesto de lado en el sofá? Puedo levantar mi pierna y separarla para que tengas una buena oportunidad para azotarme el coño'.

Ella adaptó sus palabras a la acción, demostrando la postura que había sugerido.

Con su antebrazo enganchado detrás de su rodilla, fue capaz de aferrarse a su pierna con ambos brazos, lo que la ayudaría a mantener sus piernas abiertas, incluso cuando Virginia golpeara su sexo.

"Eso se ve bien", dijo Virginia, tocando el coño de Samantha experimentalmente con su látigo.

La postura proporcionada por la muchacha abrió la vulva de su sexo hasta tal punto que Virginia podía ver a su paso vaginal.

La vista de la vagina abierta de Samantha le dio una idea a Virginia y se volvió hacia Katia, que todavía estaba frotándose cuidadosamente las nalgas adoloridas.

'Katia, quiero que hagas algo por mí mientras entretengo a Samantha'.

Katia asintió.

'Por supuesto'.

Virginia señaló con su fusta.

'¿Ves ese brillante vibrador negro y plateado de allí? Quiero que lo pongas en tu coño y lo enciendas. Gira el dial lentamente, un clic a la vez. Quiero ver qué tan lejos llegas cuando termine con Samantha'.

Desconcertada, Katia dijo "OK" y luego se dirigió al dispositivo indicado.

Cuando lo recogió, se sorprendió al descubrir que era más pesado de lo que esperaba.

Las tiras brillantes que corrían a lo largo del cilindro del vibrador estaban hechas de metal y frías al tacto.

Se dio cuenta de que el peso iba a hacer que fuera más difícil mantenerlo dentro de su cuerpo a menos que mantuviera las piernas apretadas.

Encogiéndose de hombros, Katia colocó la suave y redondeada punta en la apertura de su sexo y giró suavemente el vibrador de lado a lado, introduciéndoselo.

Se deslizó fácilmente en su coño, que todavía estaba mojado de su sesión de masturbación.

Como Virginia no estaba mirando, no hizo una demostración de insertar el dispositivo, sino que simplemente se deslizó hasta su cuerpo con un movimiento suave.

Cuando la punta tocó el cuello del útero, solo se mostraba el dial de control estriado.

La sensación de frío del metal en lo profundo de su cuerpo la hizo estremecerse.

Katia miró a Virginia, que estaba ocupada jugando con los labios vaginales de Samantha, golpeando ligeramente los pétalos húmedos de sus labios internos con la punta plana de cuero de la fusta.

Katia miró entre sus piernas el plástico negro brillante que sobresalía de su cuerpo.

Las instrucciones de Virginia de girar el dial un clic a la vez la hicieron cautelosa, sospechando que el motor del vibrador era más poderoso de lo normal.

Ella giró el dial, sintiéndolo hacer clic debajo de sus dedos.

Para su sorpresa, no había ningún zumbido o movimiento discernible.

Luego sintió la pequeña sensación de cosquilleo que corría a lo largo de su vagina, haciendo que sus músculos internos se apretaran sobre el objeto intruso.

Ella jadeó suavemente, dándose cuenta de que el 'vibrador' no contenía un motor en absoluto.

El peso que había sentido se debía enteramente a una gran batería.

Las tiras metálicas en su exterior no eran simplemente adornos, sino que eran en realidad contactos eléctricos.

Intentó girar el dial en la otra dirección para apagar la corriente de cosquilleo, pero no se movió.

El interruptor fue diseñado para girar solo en una dirección, a menos que se liberara un cierre oculto.

Con cautela, Katia giró el dial otra vez.

La corriente inmediatamente creció en fuerza, y ahora era lo suficientemente fuerte como para sentir que le estaban picando con alfileres y agujas dentro de su coño.

Mirando el dial, sus ojos se abrieron en shock.

Hubo un total de diez paradas en el cuadrante y, si el segundo daba estas sensaciones, los niveles más altos generarían un shock severo e incluso podrían quemar la carne en los puntos de contacto.

¡No era de extrañar que Virginia hubiera querido ver hasta qué punto llegaría Katia!

Pero estaba decidida a no decepcionar a la mujer, por lo que volvió a girar el dial.

Como se esperaba, la sensación de escozor aumentó significativamente en fuerza, ahora sintiéndose como pequeñas picaduras de hormigas que seguían y seguían.

Sintió que su frente se humedecía y un doloroso latido comenzó a extenderse por su bajo vientre.

En ese momento, un fuerte golpe llegó desde el otro lado de la habitación.

Levantando la cabeza, Katia vio que el cuerpo de Samantha se sacudía cuando la fusta golpeó su coño afeitado.

Escuchó a Virginia decir:

'Te dejaré a ti el número de golpes. Solo dime cuando hayas tenido suficiente '.

Clavándose las uñas en el muslo, Katia volvió a girar el dial.

El dolor agudo le hizo echar su cabeza hacia atrás y apretar los dedos de ambas manos en los músculos de sus glúteos magullados.

Este nivel era lo más lejos que quería soportar si iba a estar parada aquí y esperando a que Virginia terminara de azotar a Samantha.

Virginia volvió a bajar la fusta con un movimiento brusco de su muñeca, golpeando a Samantha en sus dos labios externos regordetes.

Varias marcas rojas entrecruzadas ahora decoraban el montículo de Samantha y sus labios internos habían comenzado a hincharse donde el látigo los había golpeado.

Samantha se había acercado la rodilla a la cara y se abrazaba el muslo contra el pecho con sombría determinación.

Observaba con los ojos entrecerrados mientras Virginia hacía retroceder la fusta para otro golpe.

El látigo brilló en un arco gris borroso antes de golpear la carne de Samantha.

Esta vez, Virginia había apuntado la fusta de modo que solo la punta golpeara a su víctima, aterrizando justo en la coyuntura superior de sus labios y gastando toda su fuerza sobre y alrededor del clítoris de Samantha.

Samantha gritó de dolor, su pierna libre pateando la tela del sofá como para alejar a su torturadora.

El dolor punzante de la fusta que golpeaba su clítoris sensible era casi insoportable.

Virginia se arrodilló junto a Samantha y le preguntó:

"¿Cuántos de esos crees que podrías aguantar?"

Samantha negó con la cabeza, todavía jadeando por la agonía que llenaba su entrepierna.

'No lo sé. Es que realmente duele '

Malvadamente, Virginia dijo:

"Dame un número. Si es razonable y logras mantenerte quieta durante ellos, dejaré de pegarle a tu vagina '

Samantha parpadeó confundida mientras trataba de decidir el número mínimo de golpes en su clítoris que Virginia aceptaría y que podría soportar sin romperse.

'¿Cinco?' ella dijo esperanzada.

'Eso es un trato' dijo Virginia. 'Acepto'.

El látigo cortó el aire y golpeó el sexo de lleno de nuevo.

Samantha gimió y se retorció en el sofá. Se sentía como si su clítoris hubiera sido cortado por un cuchillo.

El segundo golpe cayó como una explosión de fuego en su ingle.

La piel alrededor de su clítoris se estaba volviendo de un rojo profundo y el diminuto capullo sexual se había hinchado hasta casi el doble de su tamaño normal.

A pesar de su determinación, Samantha permitió que su pierna cayera hacia abajo en un movimiento instintivo para proteger sus genitales heridos.

"Eso está mal", reprendió Virginia. "Vamos a ver ese pequeño clítoris adorable", dijo, agitando su mano hacia arriba.

Con un gemido de sollozo, Samantha levantó su muslo hacia arriba, exponiendo completamente su coño una vez más.

Cuando Virginia hizo pivotar la fusta y golpeó su clítoris con un columpio de práctica, Samantha se sintió mortificada al sentir que una pequeña gota de orina escapaba de su uretra cuando retrocedía ante el golpe previsto.

Decidiendo que Samantha merecía una recompensa por su fortaleza, Virginia colocó la punta de la fusta de bordes cuadrados en la abertura de la vagina de Samantha.

"Mantén esto para mí, querida", dijo mientras empujaba el eje del látigo en el coño abierto.

Dejando que el látigo sobresaliera del cuerpo de Samantha como un pene anoréxico, Virginia se volvió hacia Katia.

Abarcándolos, tomó los temblorosos pechos de la rubia en sus palmas, jugando con sus pezones con sus pulgares.

'¿En qué posición estás?' ella preguntó.

"Cuatro" susurró Katia. "Realmente duele", agregó, inclinando la cabeza ", pero creo que me estoy mojando".

Cuando volvió a mirarla, había una expresión de confusión en sus ojos.

Virginia le dio un beso en la frente húmeda.

Luego deslizó su mano por la parte delantera del cuerpo de Katia hasta que la punta de su dedo índice tocó el clítoris de la muchacha.

Presionando firmemente sobre la húmeda yema sexual, Virginia sintió un pequeño cosquilleo en su dedo que era el residuo de la corriente punzante que se estaba agrietando en el coño de Katia.

Agarrando el clítoris palpitante con el pulgar y el dedo, presionó sus labios contra la oreja de Katia.

'Quiero lastimarte un poco más. ¿Puedo?'

Katia respiró hondo y se preparó, colocando sus manos en las caderas de Virginia como si se estuviera preparando para bailar.

'Puedes' ella le susurró de vuelta.

Los labios de Virginia se apretaron contra los de ella y se besaron, las lenguas se entrecruzaron y sondearon.

Al mismo tiempo, Virginia pellizcó firmemente el clítoris de la muchacha, sus uñas mordiendo la delicada carne.

Sintió el aliento caliente de ella mientras jadeaba de dolor, y el gemido de la muchacha vibraba en su boca mientras continuaba apretando y torciendo el exquisitamente sensible bocado.

En ese momento, el terminal de computadora en la mesa cercana dio un pitido.

'Ups, lo siento. Tengo que parar por un momento. Llamadas de dinero 'dijo Virginia.

Mientras pasaba junto a Samantha, arrebató la fusta de su envoltura carnosa y le dio a la sorprendida muchacha un golpe malvado en su clítoris.

"No quiero que te aburras", dijo riendo alegremente.

Virginia se agachó para mirar la pantalla LCD y vio el mensaje que había estado esperando.

El cursor parpadeante en la pantalla resaltó las palabras 'Ingrese su contraseña deseada, que no debe tener menos de 15 dígitos y puede contener letras y números'.

Escribió su contraseña, que había elegido varios días antes, y luego presionó la tecla 'Enter'.

La pantalla se quedó en blanco momentáneamente y luego apareció 'Enhorabuena. Su contraseña ha sido aceptada '.

Virginia se dio la vuelta y aplaudió de alegría.

'¡Por fin!' ella exclamó. 'Ya todo es mío'.

Yendo de nuevo hacia Katia, le dio a la chica un beso en la mejilla.

En su alegría, no notó que Samantha se levantaba del sofá y miraba fijamente en dirección a la computadora.

De repente, un LED verde se encendió en el frontal del teléfono inteligente que había colocado sobre la mesa y la cara de Samantha se distorsionó en una sonrisa lobuna.

Apartando la fusta que Virginia había dejado caer en el suelo, se deslizó hacia su chaqueta tirada.

Virginia estaba dirigiéndose a los pezones de Katia para darles un pellizco juguetón cuando escuchó a Samantha aclararse la garganta ruidosamente con un '¡Ejem!' teatral.

Entonces vio que los ojos de Katia se ensanchaban por la sorpresa.

CAPÍTULO VI

Girándose Virginia, se quedó sin aliento al ver a Samantha, que llevaba su chaqueta puesta alrededor de sus hombros como una capa y sosteniendo en una mano una pequeña pistola negra automática.

'¿Te gusta?' preguntó Samantha, agitando su pistola. 'Es una S&W Bodyguard 380 automática y cabe muy bien en el bolsillo de una chaqueta y sin hacer un bulto antiestético. ¡Y ni se ve! '. Samantha golpeó la pistola con la otra mano. "Lamento no poder amartillar el martillo hacia atrás con un clic amenazador, como lo hacen en las películas, y ya he puesto una bala en la recamara así que tampoco voy a retroceder el percutor, pero estoy seguro de que las señoras saben lo que tienen qué hacer ', dijo, señalando hacia arriba con su mano libre.

Virginia y Katia levantaron sus manos, todavía sorprendidas por el repentino giro de los acontecimientos.

'¿Confusas?' dijo Samantha. 'Dado que ninguna de ustedes es una experto en kung-fu, me arriesgaré a tomarme un momento para explicarlo. ¿Ven ese smartphone? En realidad, es un receptor de infrarrojos y un dispositivo de grabación digital que me entregó el asesor legal y amigo de su querido esposo fallecido'. Ella sonrió ante la expresión de consternación de Virginia. 'Sí, el mismo amigo que te dio la idea de contratarnos para tu diversión y juegos. Como él fue el que redactó el contrato para la instalación del sistema de redes inalámbricas en esta casa, no tuvo ningún problema en obtener las especificaciones de su sistema de encriptación y en tener un analizador adecuado que parezca un teléfono'.

Samantha presionó su mano contra su coño con un siseo de dolor.

"No te atreverás a usar esa pistola aquí", dijo Virginia.

'¿Estás pensando en tu fiel mayordomo? ' preguntó Samantha burlonamente. 'Cuando tu esposo te lo dejó todo, su fidelidad se hundió repentinamente. Ganará su parte asegurándose de que ninguno de los otros miembros del personal esté presente para presenciar lo que sucede aquí'. Ella se rió mientras los hombros de Virginia se hundían en la derrota. 'En un momento presionaré el botón "transmitir" en el teléfono y mis socios recibirán su contraseña cifrada y comenzarán a transferir su... quiero decir... nuestro dinero para su nuevo hogar'.

'¿Por qué todo este teatro?' preguntó Katia. 'Desde el principio podrías haber apuntado con esa pistola a Virginia y pedirle que te diera la contraseña'.

Virginia asintió de acuerdo.

'Lo siento, pero no podía' dijo Samantha sacudiendo la cabeza. 'Sabemos todo acerca de la alarma automática que se activaría si se ingresa una contraseña incorrecta o si se usa una palabra de código de emergencia específica"

'¿Qué pasa ahora?' dijo Katia.

Samantha negó con la cabeza tristemente.

'Habrá un terrible escándalo. Una dama pervertida y rica contrata a una prostituta para los juegos sexuales de BDSM. La puta se opone al tratamiento rudo y saca una pistola. Luchan y la dama rica recibe un disparo. Sin embargo, debido al pequeño calibre de la pistola, la dama rica herida logra arrebatar el arma y dispararle a la puta en el corazón antes de que ella misma muera'. Samantha volvió a tocar con cuidado su clítoris hinchado. 'Y creo que tendrás el inusual honor de que te disparen en el coño', gruñó ella. 'Extiende las piernas, Virginia. Quiero conseguir un buen disparo limpio'

'¿Y si me niego?' preguntó Virginia, su cara palideciendo.

Samantha se encogió de hombros casualmente.

'Tengo un montón de balas. No me importa dispararte primero en las rodillas y los hombros'.

Lágrimas de miedo e impotencia corrieron por el rostro de Virginia mientras lentamente apartaba los pies.

'Eh, Samantha ... ¿podría pedirte un favor antes de que me dispares?' dijo Katia, aparentemente resignada a su suerte.

'¿Qué?'

'¿Podría al menos sacar esto de mi coño antes de que suceda?' respondió Katia, señalando el consolador que todavía estaba incrustado en su coño.

Samantha se rió.

"Sería divertido que tu cuerpo se encontrara con esa cosa todavía en ella, pero ... OK, puedes sacártelo", dijo magnánimamente.

Katia sabía que solo tendría una oportunidad de sobrevivir.

Sin embargo, dependería de su capacidad para soportar el dolor sin mostrar nada en su rostro.

Acercándose entre sus piernas, agarró el extremo del consolador con una mano y el dial de energía con la otra.

'Déjame apagar esta maldita cosa primero' murmuró ella.

Apretando los dientes, Katia giró el dial hasta el '10' con un giro brusco de la muñeca.

La corriente se dispersó en las paredes de su coño mojado, haciendo pequeñas quemaduras en su interior mientras sacaba el consolador.

Katia contuvo el impulso de gritar, levantó el dispositivo de tortura que goteaba y lo arrojó casualmente a Samantha, diciendo:

"Sí quieres puedes tenerlo tú".

Sorprendida, Samantha le dio un manotazo al objeto volador.

Cuando sus dedos tocaron los contactos metálicos húmedos, una brillante chispa de color púrpura surgió enviando un golpe abrasador a través de su mano y su brazo.

Ella gritó por la explosión de energía eléctrica que se disparó a través de su cuerpo.

El poder era en realidad demasiado bajo para hacer un daño permanente, pero la aturdió por un segundo, tiempo suficiente para que Katia se lanzara hacia adelante y tomara la mano que sostenía el arma.

El dedo de Samantha se sacudió sobre el gatillo y una bala de 0.390 mm pasó junto a la oreja de Katia.

Aunque la bala no hizo daño, la explosión del cañón tan cerca de su cabeza la aturdió.

Aturdida, pudo evitar que Samantha le disparara de nuevo, pero no pudo quitarle el arma a su adversaria.

Durante varios segundos las dos chicas lucharon, pero con un giro decidido de sus brazos, Samantha logró liberarse.

Katia se quedó mirando el pequeño orificio negro de la punta de la pistola mientras se alineaba con su ojo.

Hubo un fuerte 'crack' y Katia miró a su alrededor confundida cuando se dio cuenta de que todavía estaba viva.

Samantha se desplomó en el suelo, revelando a Virginia sosteniendo la caja destrozada de la computadora portátil con las dos manos, después de haber utilizado el dispositivo electrónico como un bate muy eficaz.

'Mi esposo siempre decía que las computadoras podrían ser muy malas para tu salud' jadeó Virginia, dejando caer la computadora ahora inútil sobre la cabeza de la inconsciente Samantha.

CAPÍTULO VII

La policía acudió de inmediato después de la llamada de Virginia, llevándose a Samantha y al traidor mayordomo con ellos.

Después de dar sus declaraciones, la policía dejó a las dos mujeres para que se recuperaran, asesoradas por nuevos abogados de Virginia.

Katia se dejó caer pesadamente en el sofá, con un vaso de brandy en la mano.

'¿Qué pasa?' preguntó Virginia, sentándose a su lado.

'Bueno, con mi jefe en la cárcel y su compañía cerrada, me quedé sin trabajo. Sin un patrocinador, tendré que salir del Reino Unido y regresar a Europa', suspiró Katia.

Virginia estudió a la hermosa rubia por un momento y luego sonrió.

'Mi exabogado puede haber sido un ladrón, pero tuvo una buena idea. Estaba disfrutando muchísimo hasta el punto en que Samantha decidió cambiar el guion de la situación'.

'¿Quieres decir que me contratarías? ' preguntó Katia esperanzada.

'Todavía tengo muchas frustraciones por realizar y eras mucho más divertida que Samantha. Entonces ... ¿qué te parece? ' respondió Virginia.

Katia se quedó pensativa por un momento, todavía sintiendo el dolor en lo profundo de su coño.

Entonces ella sonrió y comenzó a mirar alrededor de la habitación.

'¿A dónde se fue esa fusta?'

'¿Entonces te quedarás?' preguntó Virginia.

"Siempre quise ser terapeuta" respondió Katia, agitando la fusta y sonriendo triunfalmente.

FIN

ESCLAVO PARA SU PLACER

CAPÍTULO 1

Ella no podía creer que él había entrado en su bar ...

¡¡SU BAR!!

Cien bares en esta ciudad, y él tenía que ir al de ella.

¡Cabrón!

Sí, él le había roto el corazón ...

La había dejado por esa elegante rubia flaca.

Pero ella no estaba sentada llorando.

¡Mierda, remierda!

Verónica salió de la barra para pararse frente a él.

Sus manos se movieron para descansar en sus caderas ...

Ella no era una chica flaca.

No, tenía piernas fuertes, caderas, hombros anchos.

Sus ojos verdes lo miraron.

Un mechón de pelo rojo había caído de su cola de caballo.

Ella se sacudió la cara con irritación.

Él mantuvo su cabeza inclinada, los codos en el mostrador, mientras miraba un vaso de soda.

"¡Andrew!" Ella gruñó.

Su cabeza se levantó lentamente.

Una barba de dos días cubría su rostro.

Había líneas escarpadas en esa cara, que no habían estado allí antes.

El cabello castaño estaba desarreglado.

Sus ojos se encontraron con los de ella, luego se desviaron, culpable.

La ira se encendió caliente y cruda en su pecho.

De repente, su mano se desprendió de su cadera, y ella lo golpeó con fuerza en la mejilla.

Ella lo golpeó tan fuerte que él giró su cabeza.

El bar se quedó en silencio, mientras todos se giraban para mirar.

Robert se apresuró a acercarse.

"¿Qué estás haciendo, Verónica?" Él siseó, furioso.

Técnicamente era su bar, ella trabajaba allí.

Pero, aun así, Andrew no tenía derecho a entrar aquí ... no después de lo que había hecho.

Verónica volvió sus ardientes ojos hacia Robert, lista para atacarlo.

"Está bien, Robert". Andrew dijo, levantando una mano.

Con la otra, se frotó la mandíbula.

Una mancha roja brillante apareció en su mejilla.

"Ella tiene derecho a estar enojada. Yo fui un imbécil".

"¡¡¿Crees eso?!!" Ella resopló. "¿Por qué estás aquí, Andrew?"

"Vine a decir que lo siento, Verónica". Él le dirigió una mirada triste, finalmente encontrándose con sus ojos. "Necesito enmendarme".

"Oh, ahora lo sientes ... ¡¡¿Ahora lo sientes? !!" Las fosas nasales se le ensancharon, y ella se tambaleó, lista para atacar de nuevo.

"Ve a relajarte, Verónica". Dijo Robert, señalando el pasillo de atrás. "Tal vez deberías irte, Andrew."

Verónica se mantuvo firme, mirándolos a ambos.

Andrew agarró su chaqueta de cuero de la parte posterior del taburete.

"Fui estúpido, Verónica, ¡realmente estúpido!" Dijo, retrocediendo. "Necesito hablar contigo. Estoy sobrio ahora".

Se volvió, dirigiéndose a la puerta, con sus botas de montar golpeando el suelo.

Vero no se relajó hasta que escuchó el zumbido de un motor de motocicleta que se encendía en el estacionamiento.

CAPÍTULO 2

La grava crujía bajo sus botas, mientras Verónica se dirigía a su carro.

Era su bebé, el viejo Chevy del 79, plateado y cromado.

El Honda de Robert estaba aparcado cerca.

Los suyos fueron los únicos vehículos que quedaban en el estacionamiento del bar.

Estaba agotada después del trabajo ... y todo ese drama con Andrew.

Un movimiento hacia la izquierda llamó su atención.

Una forma sombría ... fuera del anillo proyectado por la luz del estacionamiento.

Se acercaba a ella.

"¡DETÉNGASE!" Ella gritó.

La figura continuó moviéndose hacia ella ...

Una forma voluminosa, moviéndose con propósito.

Agachándose, metió la mano en la guantera de la camioneta y sacó la pistola que tenía oculta ahí para este tipo de situaciones.

Así que en un segundo tenía a su Smith y Wesson de 9 milímetros, y apuntado con el brazo extendido ...

La mano estaba apoyada contra el capó de la camioneta.

El sonido de la carga del arma resonó por todo el aparcamiento vacío.

"¡Oh, mierda!" Andrew siseó, medio congelado. "¡Oh, Dios! ¡No me dispares, Vero!"

Al sonido de su voz, ella bajó el arma, la adrenalina corría por sus venas.

Ella lo estudió, mientras vaciaba la bala de la cámara.

No había ninguna señal de su motocicleta aquí ... debía de estar un poco más abajo en la calle.

Ella se metió la pistola en la cintura de sus vaqueros.

Él no dijo una palabra más, hasta que la tuvo guardada.

Se movió hacia ella, hacia la luz.

"Estás de vuelta." Fue una declaración a disgusto con sus labios fuertemente apretados. "No deberías ir acechando a la gente en la oscuridad, Andrew".

"¡No mierda!" Él hizo una mueca, mirándola con recelo. "Pero Verónica, realmente tengo que hablar contigo ..." Miró nerviosamente a la puerta del bar.

Robert saldría en cualquier momento.

Andrew sabía que el hombre no estaría muy feliz de verlo de vuelta aquí.

"No tengo nada que hablar contigo." Ella gruñó "A menos que quieras que te golpee, otra vez."

"Puedes hacer eso si quieres ..." Lo dijo tan suavemente que ella casi no lo escuchó.

"¿Qué?"

"Dije ... Puedes pegarme otra vez, si quieres también". Un poco más fuerte esta vez.

Vero lo miró fijamente por un largo momento, luego caminó alrededor de la camioneta hasta donde él estaba.

Ella lanzó la mano hacia su rostro con un resonante ¡ZAS!

Se quedó quieto, absorbiendo el golpe, con los ojos cerrados.

De repente, ella levantó la mano sobre su chaqueta abierta, agarrándole el cuello lleno de músculo.

Tenía la mano justo donde el cuello y el hombro se encontraban.

"Arrodíllate y di que lo sientes". Ella siseó las palabras.

Su mano estaba tirando de él.

Andrew dudó por una fracción de segundo, luego sus rodillas golpearon la tierra.

La grava presionaba a través de los vaqueros contra su piel.

Él la miró a la luz.

"¿Es esto lo que quieres? ¿Yo de rodillas?" Preguntó.

Ella asintió en silencio, la furia oscureciendo sus ojos.

Dando un paso adelante, ella le pateó sus rodillas con la punta de su bota para que las separara aún más.

Bajó una mano para recorrerla a través de su cabello, luego ella agarró un puñado y tiró bruscamente de su cabeza hacia atrás.

"Dilo entonces ... Dime que lo sientes ahora". Ella habló en un tono bajo y ronco.

"Lo siento mucho, Verónica" Llegó su murmurada respuesta, mientras contenía un jadeante sollozo.

Por un segundo, parecía que ella podría besarlo.

Pero lo pensó mejor, y se apartó, liberándolo en su lugar.

Él gimió ante su ausencia, perdiendo ese beso.

Pero él casi también se extrañó por las palabras lanzadas sobre su hombro

"Sígueme a casa".

CAPÍTULO 3

Su hogar seguía siendo el remolque, aparcado en el límite con el desierto, en un lote de cinco acres.

La luz de la luna brillaba tanto que proyectaba sombras sobre el paisaje.

Aparcó su camioneta y observó cómo la Harley de él cruzaba la entrada al lote.

Un toldo se extendía a lo largo de la parte delantera de la antigua autocaravana renovada, proyectando una sombra oscura.

Moviéndose hacia la puerta, ella lo dejó para le siguiera en su camino.

Andrew se detuvo para mirar el lugar.

Ése solía ser su hogar.

Ella lo había mantenido bien.

Hace tres años ...

Los recuerdos lo golpearon como un puñetazo.

Casi vuelve a caer sobre sus rodillas ...

Todo lo que parecía saber hacer era luchar, algún tipo de lucha de poder, constantemente.

Él solía estar de fiesta mucho con la gente del club de motos.

Ella estaba trabajando en el bar.

Había una tonta rubia detrás de él cada vez que podía.

Verónica estaba enojada.

Él le decía a ella que se relajara, que confiara en él.

Ella quería que le dijera a la chica que se perdiera ...

Dijo que era su deber hacer eso ... para que la perra supiera que él no estaba disponible en el mercado.

Él nunca le dijo que no estaba pasando nada con esa chica.

Solo insistía en que ella confiara en él, le dijo que no se preocupara.

Pero una noche, las cosas se pusieron algo peor.

Otra gran pelea, Verónica llorando en la pequeña cocina.

Estaba borracho de nuevo.

Sacó los papeles del remolque de una carpeta, y él se los entregó a ella ... los arrojó sobre la mesa.

Luego empacó sus mochilas y se marchó durante la noche.

¡Estúpido!

La dejó aquí, sola ...

Tan lejos de sus amigos y familiares.

Montando por los caminos secundarios, tardó dos semanas en llegar al estado de Washington.

Entonces, todavía seguía enojado con ella.

Consiguió un trabajo como leñador.

Le tomó cerca de tres meses darse cuenta del error que había cometido ...

Sí, él era bastante tonto.

Una vez que se dio cuenta ... de lo que en realidad había hecho, estaba demasiado avergonzado para ir a casa, o incluso llamar.

Tardó tres años en decidirse de al menos intentar volver a casa.

'Aquí no hago nada' pensó, mirando las luces encenderse en el remolque ...

Pero había algo allí, cuando se había arrodillado para ella esta noche ... ¿verdad?

¿Había entendido mal esa mirada de deseo en sus ojos?

Se acercó a la puerta y llamó.

CAPÍTULO 4

Un amortiguado "Entra" se oyó desde dentro.

Con el corazón en la garganta, Andrew abrió la puerta de metal y subió las escaleras.

Vero estaba sentada casi en el mismo lugar en el que había estado la noche en que él se fue ...

Solo que ahora no estaba llorando.

Ahora, ella tenía los brazos cruzados, mirándolo con una mirada de piedra.

Sí, se había vuelto más dura en los últimos años ... ¡No había duda de eso!

Un par de esposas estaban colocadas sobre la mesa.

Las miró con curiosidad.

Ella siempre había sido dominante ... incluso agresiva, pero nunca perversa.

Su polla comenzó a palpitar con fuerza en sus vaqueros desteñidos.

Estaban demasiado apretados para poder ocultar cualquier cosa.

Ella miró su entrepierna con una ceja levantada.

"Te fuiste hace muchísimo tiempo, Andrew".

No había ni rastro de la dulce sonrisa que solía iluminar esa cara pecosa, bañada por el sol.

"Era un imbécil", dijo, preguntándose cuántas veces más tendría que decir eso.

"¿Era? ¿Algo cambió?" Una mirada muy dura.

"Sí ... crecí. Me di cuenta de lo mucho que te quiero, de lo mucho que te necesito".

Tal vez esto había sido una mala idea, volver.

Tal vez ella nunca lo aceptaría de nuevo...

No lo perdonaría nunca.

"¿La puta rubia te dejó? ¿Es por eso por lo que estás arrastrándote hacia mí?"

"Nunca estuve con esa chica, Verónica. Ella simplemente se me colgó. Yo ... Debería haberte dicho. Debería haberle dicho que se perdiera ..." Se sentía agotado y triste.

"¿Qué?" Ella frunció. "¿Qué diablos, Andrew ... Toda esa lucha que hicimos, ni siquiera estabas con ella? ¿Por qué?"

"Quería estar contigo ..." Bajó la vista y la dejó en su bota en el suelo.

"¡¡NO!!" Ella rugió. "Quiero decir ... ¡¡¿Por qué no me dijiste que no estabas con ella? !!"

Ella se había levantado del asiento del banco y puso su puño en la parte delantera de su camisa.

No tenía que mirar muy lejos para poder hacer contacto visual.

Él solo medía unos centímetros más que ella.

Ella lo empujó hacia atrás, y perdió el equilibrio, agarrándose al mostrador.

Jadeando, recuperó el equilibrio, pero estaba abierto a lo que ella quisiera, sin hacer un sólo movimiento para salir de su alcance.

Hace tres años, él se había apartado de ella y se había ido.

Pero ella ahora lo estaba tocando ... eso era suficiente para él.

Su respiración se aceleró mientras miraba hacia abajo.

Ella estaba allí otra vez, con esa lujuria en sus ojos.

Su pecho subía y bajaba rápidamente.

Ella le devolvió la mirada ...

Una mirada desafiante.

Él sostuvo su mirada durante unos segundos, luego apartó la vista ... cediendo.

Nunca había hecho eso.

Una sensación de zumbido lo llenó, y se sintió mareado.

Mirando hacia atrás con los puños sobre la mesa, se estremeció.

"Fue una estupidez ... una pura estupidez ..." dijo él, volviendo sus ojos a los de ella ... tratando de dejarla ver en su corazón.

Su rostro se suavizó ligeramente, y ella soltó su camisa ... volvió a la mesa y se sentó con un suspiro.

"¿Dónde has estado todo este tiempo?" Ella no lo estaba mirando ... estaba mirando por las ventanas oscuras del remolque.

"Washington ... Leñador". Sabía lo loco que debía sonarle a ella.

"¿Por qué?" Ella frunció el ceño otra vez, luciendo más confundida que enojada.

"Porque estaba estupefacto ..."

"Lo sé ... ¡Te escuché las primeras seis veces! Fuiste estúpido y un imbécil ... ¡Ya entendí eso!" Ella estaba enojada de nuevo. Sus ojos verdes parpadeando ... "¿Pero por tres años, Andrew?"

"No sabía cómo decir que lo sentía, hasta ahora". Murmuró, extendiendo las manos.

Ella tuvo que inclinarse hacia adelante para escucharlo, luego se recostó en el asiento y asintió distraídamente.

Pasaron dos minutos completos de silencio.

Andrew se quedó muy quieto, esperando que ella terminara de pensar.

De repente, su voz rompió el silencio.

"¿Podrías volver a arrodillarte por mí, Andrew?" Ella se volvió hacia él, el deseo oscuro de nuevo en sus ojos.

Tragando, volvió a arrodillarse, manteniendo los ojos bajos.

La dureza de su erección era dolorosa, y se sintió acalorado por la vergüenza.

La oyó ponerse de pie y vio sus botas entrar en su línea de visión.

Una vez más, ella le dio una patada en las rodillas, y él escuchó un gemido.

Le tomó un segundo darse cuenta de que el sonido venía de su propia garganta.

"Quítate la camisa." Ella dijo, las palabras secas eran como cuchillos hacia abajo.

Desabrochando rápidamente los botones suficientes para que la camisa se le pasara por la cabeza, Andrew se la sacó antes primero de la cintura de sus pantalones sujetos con cinturón.

Y luego se la quitó, agitando aún más su cabello.

Antes de que él pudiera averiguar qué hacer con la camisa, ella se la quitó de sus manos y la tiró en uno de los asientos del remolque.

Ella caminó alrededor de él, pasando una mano por sus hombros duros y su espalda.

"Joder, Andrew ... realmente te pusiste bien fuerte ..."

Tenía músculos muy fuertes, obtenidos de un duro trabajo manual de leñador.

Regresó frente a él y le pasó una mano por el ligero vello de rizos marrones en su pecho.

A continuación, su mano rodeó uno de sus pequeños pezones, y luego lo apretó con fuerza entre las yemas de sus dedos.

Él gruñó, haciendo una mueca, no acostumbrado al dolor agudo y lacerante.

Ella nunca había sido así antes ...

Siempre habían follado como la gente normal, y había sido bueno.

Habían hecho también lo oral, hacían que ambos se sintieran bien ...

Pero esto ... esto tenía su corazón acelerado y su cerebro fuera de control.

Ella pellizcó el otro pezón y él hizo ese gemido de nuevo.

¿Se había dado un golpe en la cabeza en alguna parte?

¿Era esto un sueño?

El dolor que estalló, cuando ella torció bruscamente a ambos pezones, y lo devolvió a la realidad.

Dejando escapar un grito ronco, inhaló aire en su pecho y comenzó a alcanzar el mostrador ... para levantarse.

¿Qué estaba haciendo ella?

Una mano presionó su hombro, y ella agarró un puñado de cabello, tirando de su cabeza hacia atrás otra vez.

"Si te levantas, sin que yo te lo ordene, estarás caminando hacia esa puerta ... ¿Entiendes?"

Ella habló lentamente mientras se inclinaba hacia su oreja.

Él asintió y se dejó caer de rodillas de nuevo.

Santa mierda, ¿qué estaba pasando?

Bruscamente, ella se apartó de él, de vuelta a la mesa.

Ummm, ese hermoso trasero ...

Pero se distrajo por un tintineo de metal, mientras ella recogía las esposas de la mesa

¡Oh, mierda!

Su polla palpitaba como loca, y por un segundo, pensó que podría hiperventilarse.

"Levántate y date la vuelta". Ella dijo.

Había un tipo de confianza tranquila sobre su voz ahora.

Eso era algo nuevo

Se puso de pie y se volvió, esperando.

"Pon tus manos detrás de tu cuello, Andrew"

Lo dijo como si ella estuviera segura de que él lo haría ... y lo hizo, incluso entrelazando sus dedos.

Pero, cuando el metal se cerró alrededor de su muñeca izquierda, se puso un poco asustado.

CAPÍTULO 5

"¿Tienes las llaves para esto, Verónica?"

Trató de mirarla por encima del hombro.

Ella lo ignoró, mientras sujetaba la otra esposa alrededor de la muñeca derecha.

Luego, volviendo a pararse frente a él, tiró de un collar que colgaba de su cuello.

No lo había notado antes.

La cadena caía dentro del escote de su camiseta "Robert's Bar".

La sacó y mostró unas pequeñas llaves de las esposas que colgaban al final de la cadena.

Él asintió, suspirando aliviado, y se sorprendió por la sonrisa que apareció en sus labios.

"¿Cuántos muchachos has encerrado así, Vero?" Preguntó, tragando.

"Tú eres mi primero" dijo ella pensativa.

"¿Entonces por qué llevabas las llaves?" Se sintió incómodo al hacer estas preguntas, mientras estaba allí esposado,

"He estado esperando que venga el chico adecuado". Las palabras sonaban más como un pensamiento que una respuesta ...

Dios, todo esto era tan confuso ... ¡Pero tan excitante!

Él había venido aquí para disculparse con ella ... pero, ¿quién era esta mujer ahora?

El cálido hormigueo en sus bolas le dijo que quienquiera que fuera ella, tenía toda su atención.

"Vamos a la habitación". Declaró, mientras su mano se deslizaba hacia abajo debajo del cinturón en la parte posterior de sus pantalones vaqueros, para guiarlo.

Ella lo empujó por el estrecho pasillo.

Para atravesar el espacio reducido, tuvo que doblar los codos alrededor de su cabeza.

Fue empujado a través de la puerta del dormitorio.

La cama estaba cuidadosamente hecha, la habitación ordenada, excepto por dos objetos que llamaron su atención.

Sobre la colcha había una revista y un vibrador rosa.

La revista lo hizo detenerse bruscamente, y ella casi tropezó con su espalda.

En la portada había un hombre arrodillado, con una mordaza de bola redonda y negra atada a la boca.

Una cuerda cruzaba el cuerpo del hombre, atando sus brazos fuertemente contra su torso.

Una especie de metal estaba sujetando cada pezón.

"Esclavo para su placer" aparecía en la parte superior de la página.

Se quedó paralizado, hasta que ella se abrió paso a su alrededor, barriendo la revista y el vibrador de la cama.

"Oh, por el amor de Dios ... ¡Es solo porno!"

Sonaba molesta, mientras la tiraba en el cajón de una mesita de noche.

Su garganta trabajaba para encontrar las palabras adecuadas, pero estaba demasiado aturdido ...

Aturdido porque su dulce Verónica pudiera tener algo así.

El calor llenó su interior, y la imagen del hombre atado se quedó grabada en su cerebro.

Un áspero tirón en contra de su brazo lo trajo de vuelta a la realidad.

"Quédate frente a la cama, Andrew".

Una vez que lo tuvo de espaldas a la cama, y las esposas casi tocaban el marco, Verónica se puso a trabajar en su cinturón.

Cuando ella lo desabrochó, sus nudillos rozaron la cálida piel de su vientre.

Una línea de rizos suaves y oscuros trazaban el centro de sus abdominales, deslizándose hacia abajo en sus pantalones vaqueros.

Ella observó esto con satisfacción, mientras los músculos se contraían al tocarlos y su respiración se detenía.

Lentamente, le desabrochó los pantalones y luego se los deslizó hacia abajo.

El contorno de su gruesa polla estaba a un lado de su bragueta, en unos calzoncillos de algodón negro que la sujetaban cómodamente.

Había una zona húmeda en la punta de ese bulto.

Sintió un zumbido de calor correr a través de ella al verlo.

¡Esto sería mucho mejor que mirar las revistas y los sitios web!

Rápidamente, ella le bajó los pantalones hasta los tobillos.

Luego le comenzó a bajar la ropa interior de las caderas ...

Con cuidado de evitar tocar la polla que salía de los confines de su ropa, ella empujó la ropa interior hacia abajo para asentarse con sus pantalones vaqueros.

Levantándose, ella le elevó sus brazos esposados por encima de su cabeza, llevándolos a descansar frente a su cuerpo.

"Relájate." Ella ordenó, mientras lo empujaba bruscamente para echarse hacia atrás en la cama.

"Muévete hacia arriba".

Con los brazos cruzados, ella lo vio estirarse torpemente en la cama.

Fue una tarea difícil con sus manos y pies obstaculizados.

Una vez que se colocó a su gusto, ella se movió a su lado, colocando una mano en ese vientre tenso.

"Pon tus manos sobre tu cabeza".

La cama estaba en un marco de plataforma hecho a mano con una cabecera incorporada.

La cabecera contenía barandillas metálicas.

Verónica, con su amigo carpintero Cliff, lo habían hecho hace un año.

A ella le encantó ... no podía esperar para usarla finalmente como ella había pensado originalmente.

¿Cuántas noches había soñado con esto?

Se quitó las botas, se subió a la cama y se sentó a horcajadas sobre su pecho.

Se sacó la cadena de la camisa y se inclinó hacia delante, a través de su cara, abriendo una esposa.

Luego, pasó la esposa por uno de los rieles de metal y se la volvió a unir a su muñeca.

Andrew frotó su cara contra sus pechos mientras se deslizaban sobre ella.

Gruñendo, ella se recostó y lo golpeó con fuerza en la cara, por tercera vez esa noche.

"¿Te dije que hicieras eso?" Preguntó ella, mirándolo fijamente.

Sacudió la cabeza ligeramente, pero no parecía arrepentido.

Tomando un pezón, se lo retorció con fuerza.

Su cuerpo se sacudió bajo ella y él gruñó.

Ella alcanzó al otro, y él se intentó alejar ...

"¡Está bien!" Jadeó. "Lo siento ... no lo volveré a hacer".

Se lamió un labio con nerviosismo, pero cuando ella se deslizó hacia atrás, sus vaqueros rozaron ásperamente contra su dura polla.

Ella se miró, luego volvió a mirarlo.

Su mirada cambió, como avergonzada.

Bajando la mirada, se dirigió a la puerta del dormitorio.

"Me voy a bañar. Huelo como el mismo bar".

Ella se volvió para mirarlo otra vez ... esposado a su cama, desnudo, excepto por la ropa enredada alrededor de sus tobillos y sus botas moteras.

Su polla estaba erecta y palpitante, goteando líquido preseminal.

Un escalofrío la recorrió, y esta vez su gruñido fue uno de lujuria primigenia.

"No vayas a ningún lado".

Y salió con un susurro ronco.

"No me vas a dejar así, ¿verdad, Verónica?" Preguntó él con sus ojos implorando.

Ella le lanzó una sonrisa sádica y salió de la habitación.

CAPÍTULO 6

Parecía una eternidad, esperando allí, esposado a la cama.

Andrew escuchó el sonido de ella en la ducha.

Por un momento, pensó si podría salirse de las esposas, si quería.

No, no era posible.

Eso le dio unos pocos momentos de pánico, pero luego se obligó a calmarse ... y admitir que realmente no quería salirse.

Pensó en eso por un rato, y su pene flácido volvió a la vida.

Él gimió y deseó que ella se diera prisa ... sabiendo que estaba disfrutando de su dulce momento.

Finalmente, acabó de ducharse y entró en la habitación con una suave bata blanca.

Fue a un cajón y buscó en él.

Su pelo rojo estaba peinado y colgaba húmedo sobre sus hombros.

Sacando algunas cosas del cajón, salió de la habitación de nuevo, sin mirarlo siquiera.

La melodía que ella estaba canturreando captó la atención de su oído.

Andrew la siguió con sus mirada.

Después de vestirse, regresó a la habitación.

Llevaba una camiseta blanca ajustada, de corte bajo, que dejaba entrever sus amplios pechos y su cintura delgada.

Con un par de pantalones cortos a cuadros en blanco y negro, revelando un vientre plano y sus caderas llenas.

Ella se movió a su lado.

Con los nudillos de una mano, trazó su línea de la mandíbula erizada de vello.

Ella amaba aun cómo con esos ojos vulnerables.

Los nudillos se acercaron para trazar sus labios, y ella introdujo un dedo en su boca.

"Chúpalos". Ella dijo, llevándole a la boca un segundo dedo.

Tragando saliva, chupó suavemente, envolviendo su lengua alrededor de ellos.

"Necesitas una palabra". Ella dijo, bombeando sus dedos dentro y fuera de su boca. "Una palabra para decirme si lo que estoy haciendo es demasiado ... si realmente necesitas que me detenga".

Ella desvió los dedos de su boca y él se lamió los labios.

"No has hecho nada que no pueda manejar". Murmuró en voz baja.

"¡Oh, realmente no hemos empezado aún, Andrew!" Ella dijo con una breve risa. "Dime una palabra".

"Suavizando" dijo, tras un momento de vacilación.

Fue una de las pocas cosas que lo llegaron a la mente en ese momento.

"'Suavizando' es, entonces ... Recuerda eso, ¿de acuerdo?"

Ella esperó hasta que él asintió, luego se levantó y fue a una mesa cercana.

La luz aumentó mientras encendía unas velas.

Tomando un biberón de aceite para bebé, se acercó y lo derramó generosamente sobre el pecho y vientre de él.

Más vertió sobre su polla y bolas.

Él contuvo el aliento, cuando ella comenzó a esparcir el aceite sobre él con las manos firmes.

Ella lo esparció en el pelo de su pecho.

Luego, mirándolo fijamente a los ojos, ella acarició el aceite sobre su polla y sus bolas, rodeándolo en su nido de cabello.

"¡Seguro que no necesito una palabra para detener esto!" Dijo con una pequeña risa.

Levantando una ceja, se secó las manos sobre la toalla que traía y se levantó.

Ella tomó una vela blanca que estaba encendida en la mesa.

Tenía alrededor de unos cinco centímetros de espesor.

Poniéndola en el suelo a unos pocos pies sobre su vientre, ella lo miró.

Él tragó saliva y se estremeció.

La vela se inclinó lentamente por su mano, y la cera caliente se derramó sobre su abdomen.

"Ahhhh ..." gimió, estirándose los abdominales.

Jadeó por un minuto.

Ella miró, esperando hasta que volviera a llamar su atención.

Ahora la vela estaba sobre su pezón izquierdo.

Su aliento llegó en pequeñas ráfagas, con los ojos fijos en la vela.

Un gemido, mientras la cera salpicaba el pezón y se desviaba por su costado.

Mirando hacia abajo, Verónica se asombró al ver lo duro que había permanecido su polla.

Lentamente, bajó la vela para sobrevolar sobre ese músculo palpitante.

Una vez más, sus ojos lo siguieron, luego se ensancharon.

"Nooo ... Nooo ... No, Verónica, ¡¡por favor!!" Se tensó contra los puños, sacudiendo la cabeza.

"Tienes una palabra, ¿recuerdas?" Ella preguntó, con la cara dura. "¿La vas a usar?"

Se quedó quieto por un momento, mirándola.

Tendría que decir esa palabra, si quería que esto terminara.

Sacudiendo la cabeza, se dejó caer contra la cama.

Sus ojos se cerraron, la cara enrojecida.

Verónica se sentó allí sosteniendo la vela, dejando que se formara más cera ... Esperando a que la volviera a mirar.

Después de un segundo, él abrió los ojos.

"¿Listo?"

La pregunta vino cuando ella vio su mirada fijada en ella.

En realidad, fue más una afirmación que una pregunta.

Empujando las manos hacia arriba, asió los rieles de cabecera más cercanos, agarrando con fuerza.

Entonces, él asintió.

Sosteniéndola un poco más alto, esta vez, inclinó la vela.

Lentamente, dejó que goteara para salpicar sobre su miembro, goteando también por sus bolas.

Gota tras gota cayó abajo.

Gimiendo y temblando, la cabeza de él cayó hacia atrás cuando las fuertes sensaciones lo golpearon.

Ella continuó goteando más cera.

Ahora en sus pezones y bajando por su pecho ... y sobre su vientre otra vez.

Su torso estaba cubierto de cera blanca ...

Cuando sus ojos se encontraron con los de ella, parecía aturdido y borracho.

La expresión de ella ahora era suave.

Volvió a colocar la vela en el soporte y se inclinó unos centímetros por encima de su cara.

Con la mano agarrando un puñado de su cabello, ella finalmente le dio ese beso en la boca.

Abriendo los labios para darle la bienvenida, él gimió, dejando que su lengua lo saqueara por dentro.

El beso fue invasivo y exigente.

Jadeando, dejó que ella se lo llevara a donde quisiera.

Este era un lado de él que nunca había pensado existiera.

Le hizo algo, la atravesó con un hambre cruda.

Agarró las llaves de las esposas y se movió rápidamente para desbloquearlas.

Parecía confundido.

Ella lo besó de nuevo.

"Quítate las botas y los pantalones", insistió ella con voz ronca.

Se apresuró a obedecer, mientras ella se dirigía al baño.

CAPÍTULO 7

Cuando ella salió de la habitación, él rápidamente trabajó para desenredar el lío de botas, jeans y bóxer.

Oyó correr el agua en el baño.

"Limpia la cera de tu polla y pelotas". Ella le ordenó, volviendo con un paño caliente y una toalla.

Le sorprendió lo fácil que se desprendía la cera, con el aceite debajo.

Él la miró bajo los párpados bajos, su respiración suave, rápidamente siguiendo su orden.

Se sintió mareado.

Ella se movió hacia el armario mientras él se limpiaba.

Había una caja de cartón posada en uno de los estantes, ella la levantó, colocándola en una silla cercana.

Podía vislumbrar una variedad de cosas extrañas dentro ... y algunas cosas todavía estaban en las envolturas.

La caja lo desconcertaba ...

¿Había estado comprando esas cosas? ¿Cosas de cuero?

"Arrodíllate en la cama". Ella ordenó, sacando algo de la caja.

Su respiración se aceleró, mientras se subía a la cama y se arrodillaba.

"Las manos a tus lados".

Bajó las manos, temblando un poco.

Esto era tan loco ...

Acababa de venir a decir que sentía lo que había pasado.

¡Pero no había manera de que pudiera salir ahora, de ninguna manera!

Y ella lo había besado ...

Eso era suficiente para que se quedara.

Miró lo que ella tenía en sus manos ... era un collar de cuero negro de unos cinco centímetros de ancho, con un anillo de metal en el frente.

¡Oh, mierda!

"¿Me vas a poner eso?" Preguntó nerviosamente, tragando saliva.

Su polla palpitaba.

Un asentimiento solemne fue su respuesta.

Con dos dedos le levantó su barbilla hacia arriba, y luego ella le sujetó el collar alrededor de su cuello.

Tenía una sensación de ardor que bajaba hasta su ingle.

¿Por qué esto lo estaba excitando?

Retrocediendo, ella lo admiraba con esos ojos llenos de lujuria verde.

El cuero se sentía abrumador contra su garganta.

Intentó mirarla a los ojos, pero tuvo que cerrarlos.

Inclinó la cabeza, se sonrojó de vergüenza.

"Eres mío ahora, ¿verdad, Andrew?"

Podía sentir su cuerpo tan cerca, mientras ella respiraba las palabras en su oído.

Él asintió, sin confiar en su voz.

Ella extendió la mano para cepillar la cera de sus pezones, rozando las puntas con los dedos.

La piel de gallina se formó en su piel cuando él se estremeció bajo su toque.

De repente, se dio la vuelta y volvió a la caja.

Ella regresó con una especie de bandas de cuero.

Andrew tragó saliva, pero se quedó quieto, mientras envolvía gruesas bandas de cuero alrededor de sus muslos.

Ella lo hizo volver a arrodillarse centrado en la cama.

Luego ella le sujetó bandas alrededor de las muñecas y se las ató a la parte exterior de las bandas del muslo.

Ocasionalmente, ella paraba en su trabajo para mirarlo con avidez.

A continuación, ella se movió detrás de él, y ajustó las bandas a los tobillos.

Engatusándolo a una posición más ancha de rodillas, conectó algunas cadenas cortas de metal desde los tobillos hasta los muslos en ambos lados.

Ahora, estaba inmovilizado.

Muñecas y tobillos asegurados a los muslos.

Sujetado muscularmente tenso.

Luchó contra el pánico.

"¿Todavía tengo esa palabra si la necesito?" Preguntó con los dientes apretados, con la cabeza hacia atrás.

"Sí", dijo Verónica, repasando la caja de nuevo.

Ella volvió a pararse frente a él, con los objetos en la mano.

"¿Quieres usar tu palabra ahora?"

"Uh, uh" dijo, sacudiendo la cabeza "no", moviendo el collar contra su cuello. "Solo necesito saber que todavía está ahí esa posibilidad".

Su pecho subió y bajó con su esfuerzo por controlar su respiración.

Pero por alguna extraña razón, su polla estaba dura como una roca, goteando líquido en su cama.

Ella agarró el aceite de bebé otra vez, y frotó un poco sobre su polla hinchada.

Se sentía celestial, y empujó sus caderas hacia delante tanto como lo permitían las restricciones.

Rápidamente, ella lo golpeó con su palma abierta.

Gimió y empujó de nuevo hacia adelante, incapaz de detenerse.

"Estate quieto." Ella ordenó, un pequeño gruñido en su voz.

Él asintió, tragando contra el cuello.

Poco a poco, ella colocó un anillo de goma negro en su polla palpitante.

Miró asombrado mientras su polla crecía aún más, con las venas sobresaliendo a lo largo del miembro.

Brillaba por el aceite.

"¡Santa mierda!" Gimió, deseando poder soportarlo.

Pero se distrajo de ese pensamiento, ya que ella regresó a la caja ... haciendo palanca para abrir un paquete.

¿Ahora qué?

De pie frente a él, sostenía un objeto de goma negro en forma de cono en su mano.

¿Eso es algún tapón para el culo?

Los había visto en las tiendas de pornografía antes ...

Un estremecimiento lo recorrió.

No ... ¡Oh infierno, no!

Empezó a sacudir la cabeza.

"Vamos, Verónica ... De ninguna manera ... eso no es lo que creo que es ... ¿verdad?"

No podía apartar sus ojos de eso.

"Lo es, Andrew ... Es lo que crees que es ... pero no el más grande que tengo. Puedes manejarlo. ¿Aún eres virgen allí?"

Ella lo miró.

Él asintió ante su pregunta y luego se sacudió.

"¡Por supuesto que lo soy! No puedes poner eso en mi trasero ... ¡Vamos, bebé, no hablarás en serio! ¿Lo haces?"

Tiró de las sujeciones.

Ella se quedó tranquilamente delante de él, con las piernas cruzándose de forma sexy, el falo de culo tapado en una mano y el lubricante en la otra.

"Creo que puedes manejar esto ... por mí". Ella dijo con calma.

Él sacudió la cabeza de nuevo, pero había dejado de luchar contra sus ataduras.

"Para mí." Ella dijo de nuevo, en un tono ronco.

Lentamente sus ojos se encontraron con los de ella.

"¿Me besarás de nuevo?" Preguntó, con voz inestable.

No podía creer que estuviera de acuerdo con esto.

Era todo tan loco.

Ella asintió, sosteniendo el contacto visual.

"Sí, definitivamente te besaré de nuevo, si haces esto por mí".

"Está bien ... pero, ¿te detendrás si esto duele demasiado?" Se sentía desesperado y asustado.

Arrojando el falo para el culo y el lubricante sobre la cama, ella se subió a su lado.

Inclinándose, ella rozó sus labios contra su cuello.

"Te tengo baby." Ella susurró.

Él asintió, temblando, pero tranquilizándose.

Él solía decirle esas mismas palabras a ella, hacía muchos años, cuando ella estuvo aprendiendo a montar en la parte trasera de su bicicleta.

OK, ella también lo recordaba, recordaba cuando las cosas estaban bien.

Él asintió de nuevo.

Verónica, arrodillada en la cama detrás de su musculosa espalda y culo, admiró la vista.

A ella le encantaba su aspecto, atado en esta posición ...

Le encantaba cómo seguía sometiéndose a sus más oscuros deseos ...

¡Que usara su collar!

Un escalofrío la recorrió y ella le acarició la mejilla del culo.

Se tensó, esperando.

"Relájate ..." Ella murmuró, mientras frotaba su ano.

Una vez hecho esto, ella frotó un dedo a través de su agujero bien apretado.

Un grueso temblor se disparó a través de él mientras gemía.

Retirando su mano, ella agarró el lubricante, untándolo en un dedo.

Ella distribuyó una cantidad de lubricante alrededor del exterior de su agujero.

Un jadeo y él dejó caer su cabeza hacia atrás, apoyando su cuerpo contra sus pantorrillas.

El espacio era estrecho, pero ella aún podía pasar su mano por debajo de él, lentamente un dedo en su apretado culo.

"Ohhhh ..." Exhaló en un gemido bajo.

No era exactamente el sonido de la incomodidad.

Una sonrisa se extendió por el rostro de Verónica mientras pasaba un segundo dedo hacia adentro.

Otro gemido recompensó sus esfuerzos.

Utilizando un poco los dedos, trabajó para relajarlo.

Se estremeció y se levantó de sus pantorrillas.

Ella sintió que la apretada entrada cedía un poco.

Sacando los dedos, ella agarró el tapón con forma de falo, engrasando generosamente su longitud.

No era enorme, pero ella sabía que él lo sentiría así en ese culo virgen.

"Siéntate un poco más". Ella le dijo, con la mano en una nalga de su trasero para orientarle.

Él silenciosamente siguió sus instrucciones, con el pecho agitado.

Ahora, con espacio para trabajar, colocó el extremo estrecho en forma de cono contra su agujero.

Un pequeño gruñido cuando sintió la punta húmeda presionando contra él.

Se apretó hacia abajo.

"Relájate", dijo de nuevo, "Y siéntate de nuevo en él".

Tomando una respiración profunda, lo intentó.

Rápidamente el tapón se deslizó hasta la mitad, y con un rápido y fuerte empujón, lo empujó más allá de sus anillos internos.

La base redonda y plana se sentó cómodamente entre sus nalgas.

"¡¡Oh, Dios mío!!" Él gimió ... "¡Mierda! ¡Tan todo dentro!" Estaba jadeando, tratando de acomodarlo.

Dándole un ligero golpe al culo, ella se levantó de la cama y se dirigió al escritorio.

Recogió un par de pinzas de la ropa y ella le colocó una en cada pezón.

Él gimió y tembló.

De vuelta en la cama frente a él, Verónica se pasó las manos por los hombros y bajó por sus tensos brazos musculosos.

Frotándole la barriga con los dedos sobre las gotas de cera.

Miró, mientras ella lo admiraba, atado así.

Con la mano detrás de su cabeza, acercándolo a ella, le dio el beso prometido.

El beso que se había ganado.

Arrodillándose entre sus rodillas extendidas, ella dejó que su cuerpo presionara contra el de él.

Su lengua exploró su boca con un deseo tan apasionado que pensó que él podría correrse allí mismo.

El anillo alrededor de su polla proporcionó la presión suficiente para detenerlo.

¡Dios, ella sabía tan bien!

Una corriente pasó través de todo su cuerpo cuando lo sintió todo tan agudamente ...

Su lengua llenó su boca, el culo lleno con el tapón, la polla hinchada contra el anillo, los pezones ardiendo y el cuerpo atado.

¡Era completamente un esclavo para su placer!

Tragando aire, sintió que podría ahogarse en todas las sensaciones.

Su erección palpitante presionaba contra su cuerpo.

"Por favor, Verónica" Él rogó ... no estaba seguro de lo que estaba rogando. "¡Por favor!"

Ella asintió, besándolo con fuerza por un momento más.

Luego ella se movió hacia un lado y lentamente comenzó a sacudir su polla aceitada.

Barridos completos desde la base hasta la cabeza.

Sacudiendo el cuerpo bajo su mano, él gruñó y gimió.

Al principio se sintió increíble, y echó la cabeza hacia atrás.

Pero a medida que su ritmo se aceleraba se volvió abrumador.

"¡Más lento por favor!" Él rogó ... era demasiado a la vez.

Intentó levantar una mano para frenarla, pero el brazalete lo detuvo.

Ella siguió aumentando el ritmo, con una sonrisa maliciosa en los labios.

Su mano se deslizó a lo largo de toda la longitud del miembro, golpeando contra su cabeza con forma de hongo.

Era casi doloroso, la polla tan hinchada por el anillo.

Él gruñó.

Su otra mano la acercó para presionarla contra un pezón cubierto de ropa y él gritó.

"Humm, eso está bien, ¡siéntelo!" Ella le susurró al oído.

Presionando su cuerpo contra su cadera, ella lo golpeó constantemente.

A pesar de la incomodidad de su ritmo, sintió que la presión se acumulaba en sus bolas.

"Voy a ... Voy a ..."

El cuerpo se le arqueó mientras trataba de encontrar la liberación contra el anillo.

"¡Te vas a correr ahora!" Ella gruñó en su oído.

Con la cabeza echada hacia atrás, con las caderas moviéndose dentro de los límites de su esclavitud, el orgasmo lo golpeó.

Luces brillantes palpitaban ante sus ojos.

Los músculos apretados con fuerza y la esperma caliente latió en un arco.

Su cuerpo se convulsionó, y una ola tras ola de esperma blanco espeso fue expulsado de él.

Ella continuó agitándole la polla hasta que la última gota fue expulsada de su polla fatigada.

Su cuerpo se sentía tan agotado como su polla.

La euforia lo envolvió, y sintió que estaba flotando.

Con los dedos en la barbilla, ella le levantó la cabeza y le dio otro beso en la boca.

Entonces ella comenzó a desatarlo lentamente, quitándole las pinzas de la ropa primero.

Estirando sus extremidades, Andrew finalmente se bajó de la cama, con las piernas ligeramente inestables.

Él observó en silencio, mientras ella quitaba la ropa de cama y la arrojaba a la esquina.

Su polla, sin el anillo, colgaba floja.

Pensó que podía dormir por días ...

Pero ella se estaba quitando la ropa ahora, sus curvas blancas desnudas eran suaves a la luz de las velas.

Oh, Dios ... ¡había pasado tanto tiempo! ¡Y ella era tan hermosa!

El pelo rojo que caía sobre sus hombros ...

Polvoriento de rizos rojos que cubren su montículo.

Su boca se hizo agua, mientras su polla volvía a la vida.

Retiró la manta y las sábanas, acostada en la cama.

Extendiendo las piernas, se pasó una mano por el coño mojado ... luego lo llamó con la otra mano.

Se subió en la cama, con la cara enterrada en su coño húmedo.

Recordando la flacidez en su rostro, usó su lengua para cubrir sus dulces jugos.

¡¡Cielos!! ¡Aquí era donde estaba destinado a estar!

Toda vacilación se había ido.

Esto era algo que él sabía casi como un hábito ...

Cómo hacer que su cuerpo zumbara, cómo le gustaba hacerlo.

Él lamió su clítoris y chupó sus labios.

Ella gimió en respuesta.

Tres años no pudieron borrar ese conocimiento.

Levantó sus manos para frotarle los pechos y los pezones.

Esta vez, sin embargo, ella ya estaba a mitad de camino de correrse cuando él comenzó.

Su excitación era ya muy profunda, alimentada por sus actos de sumisión.

Con la boca abierta, presionó su lengua contra ella, asombrado por sus respuestas.

Se le escaparon gemidos guturales.

"¡Joder, eres bueno, Andrew!" Ella dijo, acariciando su cabello.

Las palabras le provocaron una sacudida de placer, y él lamió con más entusiasmo.

Cuando sus manos se agacharon para agarrar su cabello, y su cuerpo se tensó, supo que ella se estaba acercando a llegar.

Él no se detuvo en su trabajo, la lengua apretándose contra su clítoris hinchado.

Y cuando el orgasmo explotó y jadeaba, él estaba preparado para la eyaculación que salía de su coño.

¡Eso nunca había ocurrido antes!

Ella sostuvo su cabeza contra ella, mientras él la bebía.

¡Wow, algo seguro había ido bien con la noche!

Él miró a su cuerpo agitado con asombro.

"Sigue lamiendo!" Ella gruñó, y tuvo otro espasmo, mientras él se apresuraba a cumplir.

Un tercer y cuarto orgasmo hicieron que agitara su espalda, recompensando el esfuerzo de él.

Finalmente, se dejó caer contra la cama con un suspiro exhausto, tirando de él para que se uniera a ella.

Besando su rostro mojado, ella apretó su rostro entre sus manos.

"¿Has vuelto para siempre?" Ella preguntó.

"¿Estoy perdonado?" Buscó su cara.

"Sí, lo estás ... Pero la confianza tendrás que ganártela nuevamente".

Él asintió con solemne comprensión ante sus palabras, con una mirada triste en sus ojos.

Pero luego ella rodó sobre su pecho, presionándolo en la cama con su cuerpo.

"Pero hay otra cosa, Andrew. Como puedes ver, he cambiado. Tengo diferentes necesidades ahora ..."

Ella lo miró fijamente, con una mirada hambrienta en sus ojos.

"Sí, ¡me di cuenta!" Dijo, con un poco de risa, tragando saliva.

Las nalgas se pusieron rosadas, la polla se agitó contra su muslo.

"Entonces, ¿te vas a quedar para cosas como esta ... como lo que hicimos esta noche?" La pregunta vino con una mirada seria.

Enterrando su cabeza en su cuello, él asintió fervientemente contra ella, demasiado avergonzado para encontrarse con su mirada.

Su polla palpitaba.

Con un profundo suspiro de alivio, ella lo apretó con fuerza contra ella.

La intensidad de su abrazo hablaba más de lo que las palabras podían decir.

Con una creciente sensación de entusiasmo, sabía algo ...

Sabía que, si bien habría altibajos, sería más fácil de esta manera.

Mucho mejor que luchar ...

Solo dejarlo ir, y que sea esclavo para su placer.

FIN

www.ingramcontent.com/pod-product-compliance
Lightning Source LLC
LaVergne TN
LVHW041034150826
845672LV00001B/309

* 9 7 9 8 2 3 0 3 1 9 1 8 4 *